국어과 선생님이 뽑은

한국문학읽기
한국고전읽기
세계문학읽기

국어과 선생님이 뽑은

사씨남정기

김만중 지음

북·앤·북

국어과 선생님이 뽑은 사씨남정기

하늘의 도움으로 어진 사람을 얻으니 가문이 번성하고……

초판 1쇄 | 2013년 1월 15일 발행

지은이 | 김만중
엮은이 | dskimp2004@yahoo.co.kr
교정 | 이정민
디자인 | 인지숙
일러스트 | 이혜인
펴낸이 | 이경자
펴낸곳 | 북앤북

주소 | 서울 마포구 월드컵로 11길 35, 101동 502호
전화 | 02-336-9948
팩시밀리 | 02-337-4315
등록 | 제 313-2008-000016호

ISBN 978-89-89994-76-3 04810
잘못된 책은 구입하신 서점에서 바꾸어 드립니다.

이 책에 수록된 작품의 표기는 '한글 맞춤법'의
규정을 원칙으로 하되 작가 특유의 문체나
방언 등은 원본에 따른다.

하늘의 도움으로 어진 사람을 얻으니 가문이 번성하고……

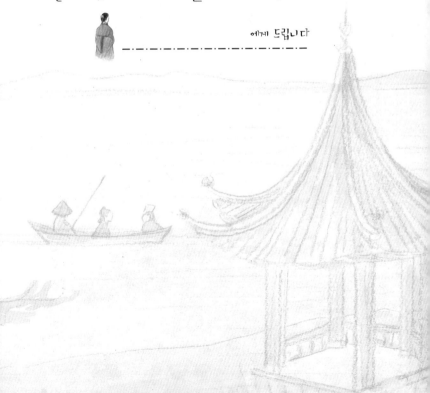

＿＿＿＿＿＿＿＿＿＿＿＿＿＿에게 드립니다

묘혜가 소저를 한번 본즉 용모가 쇄락 기이하고

우아 자비함이 실로 관음보살이 강림한 듯이 황홀하였다.

묘혜는 심중으로 놀라며 생각하되,

'진세 속에 어찌 이런 아름다운 소저가 있으랴!'

작가소개

김만중(金萬重 1637~1692)

조선 중기 문신·문학가이며, 자는 중숙(重叔), 호는 서포(西浦), 시호는 문효(文孝)이다. 1665년(현종 6) 정시 문과에 장원으로 급제한 뒤, 정언·수찬을 역임하였고 1671년 암행어사가 되어 경기·삼남의 민정을 살폈으며, 1675년(숙종 1) 관작이 삭탈되기까지 헌납·부수찬·교리 등을 역임하였다. 1679년(숙종 5) 다시 등용되어 예조참의·공조판서·대제학·대사헌 등을 지냈으나, 장숙의 일가를 둘러싼 언사 사건에 연루되어 선천으로 유배되었다. 1688년(숙종 14) 풀려났으나 다시 탄핵을 받아 남해에 유배되어, 그곳에서 《구운몽》을 쓴 뒤 병사하였다. 시문에도 뛰어났고, 유복자로 태어나 효성이 지극해 어머니 윤씨를 위로하기 위하여 국문 소설을 많이 썼다고 하는데, 알려진 작품은 《구운몽》과 《사씨남정기》뿐이다. 《구운몽》은 전문을 한글로 집필한 소설 문학의 선구로 꼽힌다. 특히 그 구성은 선계(仙界)와 현실계(現實界)의 이중 구성을 택하였고, 불교적인 인생관을 형상화하였다. 그 밖의 작품으로 《서포집》, 《서포만필》, 《고시선》이 있다.

사씨남정기 미리보기

명나라 때 유현의 아들 연수는 열다섯 살 때 장원급제하여 한림학사 벼슬을 하였다. 그 후 덕망이 있고 제주와 학식을 겸비한 사씨와 혼인하였으나 나이 서른이 되도록 자녀가 없자 교씨를 후실로 맞아들인다. 그러나 간악하고 시기심 많은 교씨는 간계를 꾸며 사씨 부인을 폐출시키고 정실이 된다. 그 후 교씨는 동청과 밀통하며 남편인 유한림을 모함하여 유배를 보내게 한 다음 재산을 가지고 동청과 도망친다. 하지만 냉진이 동청의 행실을 황제에게 알린다. 황제는 노하여 동청을 잡아 네거리에서 극형에 처한다.

한편 뒤늦게 잘못을 깨달은 황제는 유한림을 이부시랑으로 임명한다. 유한림은 사씨 부인의 동생 사촌관과 사씨를 찾아 다시 유씨 가문의 안주인으로 맞아들이고 교씨를 잡아 처형한다.

사씨남정기 핵심보기

작중 인물 중의 사씨 부인은 인현왕후를, 유한림은 숙종을, 요첩(妖妾) 교씨는 장희빈을 각각 대비시킨 것으로, 궁녀가 숙종에게 이 작품을 읽도록 하여 회오시키고 인현왕후 민씨(閔氏)를 복위하게 했다는 일화가 전해진다.

일부다처주의 가정 속에서 처와 첩 간의 갈등을 중심으로 한, 가정 소설의 전형을 이루고 있어 문학사적으로도 중요한 작품이다. 교씨와 동청 등 음모자들의 활약과 적나라한 육망의 표출, 일방적으로 고난을 당하는 정실 부인, 그리고 그 가운데 놓인 시비들의 역할 등이 후대 가정 소설의 모델이 되었다.

하늘의 도움으로 어진 사람을 얻으니 가문이 번성하고……

　명나라 가정(嘉靖) 연간, 금릉 순천부 땅에 유명한
인사가 있었는데 성은 유(劉)요, 이름은 현(炫)이라고
하였다. 그는 개국공신인 유기(劉琦)의 자손이라, 사
람됨이 현명하고 문장과 풍채가 일세의 추앙을 받았
다. 나이 십오 세 때 시랑 최모의 딸을 아내로 맞아
서 부부의 덕행과 금실이 세인의 칭송을 받았다.
　소년 대에 과거에 급제하여 벼슬이 이부시랑 참지
정사에 이르니 명망이 조야에 진동하였다. 그러나
당시 조정에서 간신이 국권을 제멋대로 농간하였으
므로 벼슬을 버리고 물러가려고 기회를 보고 있었
다.
　유현은 부인 최씨와 금실은 좋았으나 자녀의 소생

이 없어서 근심으로 지내다가 늦게야 아들을 낳고 얼마 되지 않아서 부인이 세상을 떠났다. 부인을 잃은 그는 인생의 무상을 느끼고 벼슬에 더욱 뜻이 없어져서 병을 빙자하고 사직한 뒤에 집으로 돌아와서 한가로이 세월을 보냈다. 그 뒤로 국사에는 비록 참여치 않았으나 일세의 명사로서 그의 청덕을 모두 앙망하였다.

그에게 매제가 있었는데 성행이 유순하고 정숙하여 일찍이 선비 두홍(杜洪)의 아내가 되었으나 초년 고생을 하다가 두홍이 늦게야 벼슬을 하였다.

유공의 아들 이름은 연수(延壽)라 하였는데 어려서부터 숙성하였고 나이 차차 자람에 따라 얼굴이 관옥 같고 재주가 뛰어났으며 십 세 때 이미 문장이 놀라웠다. 유공이 기특히 여겨서 사랑하였으나 그 재롱을 죽은 부인에게 보이고 함께 즐기지 못하는 것이 한이었다.

유연수 소년은 십 세 때 이미 향시(鄕試)에 장원으로 뽑혔고 십오 세에 과거에 급제하여 즉시 한림학사를 제수하였다. 그러나 나이가 어리기 때문에

십 년 동안 학업에 더 힘쓴 뒤에 출사할 것을 청하니 황제께서 그 뜻을 기특히 여기시고 특히 본직을 띤 채 5년간의 수학 말미를 주셨다. 이에 대하여 유한림이 천은을 감축하고 부친 유공은 더욱 충의를 다하여 국은에 보답하려고 맹세하였다.

유한림이 급제 후에 성혼하려고 하니 구혼하는 규수가 많으나 좀처럼 허하지 않고, 유공이 매제 두부인과 함께 성중의 모든 매파를 청하여 현철한 소저가 있는 집안을 물었으나 마땅한 상대가 없어서 좀체 결정하지 못하였다. 그중의 주파라는 매파가 말을 하지 않고 있다가 모든 매파들의 천거가 끝난 뒤에 입을 열었다.

"모든 말이 공변되지 못하니 제가 바른대로 소견을 말하겠습니다. 대감의 말씀이 부귀한 곳을 구하면 엄승상 댁만한 곳이 없고, 규수 낭자의 현철한 분을 구하려면 신성현의 사급사(謝給事) 댁 소저밖에 없으니 이 두 댁 가운데 택하십시오."

"부귀는 본디 내가 원하는 바가 아니요, 어진 규

수를 택하려고 하오. 사급사는 본디 대간 벼슬을 하다가 적소에서 억울하게 죽은 사람이라 진실로 강직한 인물인데 그 집에 소저가 있는 줄은 몰랐소."

"그 소저의 용모와 덕행이 일세에 뛰어나니 더 여쭐 말씀이 없습니다. 저는 중매 일을 본 지가 삼십여 년에 왕공재열의 모든 재상 댁을 다니며 신부를 많이 보았으나 이같이 요조 현철한 소저를 보기는 처음이니 두 번 묻지 마십시오."

"우리는 색을 취함이 아니니 현숙한 덕행이 있는 소저라야 하오."

"사소저는 덕행과 용모가 출중합니다. 대감이 제 말씀을 못 믿으시겠거든 사소저의 현불현(賢不賢)을 다시 알아보십시오."

하고 그 매파는 사소저를 극력 찬양하고 다짐하였다. 매파가 돌아간 뒤에 유공은 매파의 말을 생각하고 두부인에게 상의하였다. 그러자 부인이 묘한 제안을 하였다.

"사람의 덕행과 성질은 필법에 나타나니 사소저의 필체를 얻어 봅시다. 우화암(羽化庵)의 묘혜니(妙慧尼)를 불러서 우화암에 기진하려던 관음화상에 관음찬을 사소저에게 짓도록 청탁하게 합시다. 사소저의 그 친필을 보면 재덕을 짐작할 수 있고 또 그것을 청하러 갔을 때 사소저의 선을 보고 올 것이니 묘혜 니는 매파처럼 좋은 말로만 우리를 속이지는 않을 줄로 압니다."

"그거 참 묘안이다. 그러나 관음찬은 매우 어려울 텐데 여자의 글재주로 어찌 감당할까?"

"어려운 글을 짓지 못하면 어찌 재원이라 하겠습니까?"

유공이 매제의 말이 옳다 하고 빨리 사소저의 선 볼 것을 재촉하였다. 두부인이 우화암으로 사람을 보내서 묘혜 스님을 불러왔다.

"사가(謝家)와 결친하려고 하나 신부의 재덕과 용모를 알 길이 없으니, 묘혜 암자에 기진하려던 이 관음화상을 가지고 가서 사소저에게 관음찬을 받아 보내 주시오."

하고 화상을 내 주면서 간곡히 부탁하였다. 묘혜 가 그 화상을 받아 가지고 자기 암자의 일처럼 간청 하려고 곧 사급사 집으로 갔다. 소저의 모친은 본디 불법을 신앙하였기 때문에 전부터 출입하던 묘혜가 왔으므로 곧 불러들였다.

묘혜가 안부 인사를 하자 부인이 반겨 하면서,

"오래 보지 못하였더니 오늘은 무슨 바람이 불어서 우리 집에 왔소?"

"아시는 바와 같이 소승의 암자가 퇴락하여 금년에 정재를 얻어서 중수하느라고 댁에도 와 보일 틈이 없었습니다. 이제 역사가 끝났으니 부인께 한 가지 청이 있어서 왔습니다."

"불사(佛事)를 위한 일이라면 어찌 시주를 아끼겠소마는 빈한한 집에 재물이 없어서 크게는 시주하지 못하나 청이라 함은 무엇이오?"

"소승이 청하려는 것은 재물 시주가 아니옵고 소승에게는 금은 이상으로 귀중한 일입니다."

"궁금하니 어서 말해 보시오."

부인은 묘혜의 말이 의아스러워서 재촉하였다.

"소승의 암자를 중수한 뒤에 어떤 시주 댁에서 관음화상을 보내 주셨는데 이 화상은 당인(唐人)의 명화입니다. 그런데 그 그림 뒤에 제명(題名)과 찬미의 글이 없는 것이 큰 흠이니 댁의 소저에게 금석 같은 친필로 찬문을 지어 주십사 하고 청하러 왔습니다. 찬문은 산문의 보배라 그 공덕이 칠보를 시주하는 것보다도 더 중하고 찬문을 써 주신 소저의 수명이 장원하실 것입니다."

"스님의 말이 고맙소. 우리 집 아이가 비록 고금 시문에 통하나 이런 글을 지을 수 있을지 좌우간 시험 삼아 물어봅시다."

하고 시녀에게 소저를 불러오라고 명하였다. 이윽고 소저가 나와서 모친에게 무슨 말씀이냐고 대령하였다. 묘혜가 소저를 한번 본즉 용모가 쇄락 기이하고 우아 자비함이 실로 관음보살이 강림한 듯이 황홀하였다. 묘혜는 심중으로 놀라며 생각하되,

'진세 속에 어찌 이런 아름다운 소저가 있으랴.'

감탄하면서 합장배례하고 물었다.

"소승이 4년 전에 소저께 뵈온 일이 있었는데 기억하고 계십니까?"

"스님을 어찌 잊었겠소?"

소저와 묘혜의 인사가 끝난 뒤에 부인이 소저에게 물었다.

"스님이 멀리 찾아와서 네 필체

로 관음찬을 구하는데 네가 그 글을 지을 수 있겠느냐?"

"소녀에게 지으라고 하시더라도 노둔한 제 재주로 어찌 감당하겠습니까? 더구나 시부 짓는 것은 여자로서 경계할 일이라 하였으니 스님의 청일지라도 사양할 수밖에 없습니다."

"소승이 구하는 것은 원래 시부가 아니고 관음보살님의 그 높으신 공덕을 찬양코자 할 따름입니다. 관음보살님은 본디 여자의 몸이신 고로 여자의 글을 받아야 더욱 좋습니다. 그러니 요즘 여자 중에 소저가 아니면 누가 이 글을 지을 수 있겠습니까? 이런 소승의 간청을 소저는 물리치지 마시오."

부인 또한 은근히 딸에게 권하고 싶어 하는 눈치로,

"네 재주가 미치지 못하면 하는 수 없지만 그 글은 보통의 무익지문(無益之文)과는 다르니 웬만하면 지어 보는 것이 어떠냐? 나도 보고 싶다."

이에 반가워하는 묘혜가 얼른 족자 싸 가지고 온 책보를 풀어서 관음보살의 화상을 펼치니, 화폭 위에 바다 물결이 끝이 없다. 그 가운데 외로운 정자가 서 있는데 관음보살이 흰 옷을 입고 머리도 빗지 않은 채 어린 사내아이를 품에 안고 물결을 헤치고 앉아 있는 장면이었다. 그 화법이 정묘하여 관음보살과 동자가 살아서 움직일 듯이 보였다.

그 그림을 본 사소저가 머리를 한 번 갸웃하고,

"내가 배운 것은 오직 유가의 글이요, 불서(佛書)는 모르니 비록 찬사를 시작(試作)하더라도 스님의 마음에 들지는 못할 것입니다."

"소승이 듣건대 푸른 연잎과 흰 연근은 한 생명이요, 석씨(釋氏)의 자비가 공씨(孔氏)의 인(仁)과 한 가지라 하니 소저 비록 불서를 애송하지 않더라도 선비의 글로 보살을 칭송하면 더욱 좋을까 합니다."

사소저는 그제야 더 사양하지 않고 손을 정결히 씻은 뒤에 관음화상의 족자를 벽에 걸어 모시고 분향 배례하였다. 그리고 채필을 들고 앞으로 가서 관음찬 일백 이십 자를 족자 밑 여백에 가늘게 쓰고, 다시 그 아래에 연월일과 〈정옥은사 배작서(精屋隱士拜作書)〉라고 서명하였다.

묘혜가 그 글의 뜻과 글씨의 모양을 극구 칭찬하고 유공 댁으로 돌아왔다. 묘혜의 회답을 기다리고 있던 유공과 두부인은 묘혜가 돌려주는 관음화상의 족자를 받으면서 물었다.

"그 소저를 자세히 보았소?"

"족자 속에 그린 관음님 얼굴 같은 용모였습니다."

하고 사급사 댁의 모녀와 수작한 이야기를 자세히 보고하였다.

유공이 묘혜의 말을 듣고 매우 기뻐하며,

"이 관음찬의 글과 글씨를 보니 그 재주와 덕행이 범인이 아니다."

하며 족자를 걸고 다시 보니 글이 청아쇄락하고 필법이 정묘하여 한 곳도 구차한 데가 없었다. 온화하고 유순한 성품이 글에 나타났을 것이라고 칭찬하여 마지않았다. 그 글에는,

'관음경은 필경 옛날의 성녀(聖女)일지니, 주나라의 임사(任姒)와 같도다. 그런네 외롭게 공산(空山)에 있음이 본뜻이 아닐지언정 직설은 세상이 돕고 백이숙제는 주려 죽었으니, 처지가 다름이 아니라 의취가 다름이로다.

화상을 보니 흰 옷을 입고 아이를 데리고 있으매, 이 그림으로 생각건대 오직 뜻을 취하도다. 슬프도다, 서녘의 풀이 잔결하고 세속이 괴이하니 글을 좋아하는도다. 신지(神地)를 전희(專戱)하면 윤기(輪機)의 해로움이 있는데 관음님은 왜 여기 계시는가.

죽림에 하강하시니 상운오채(祥雲五彩)가 임중(林中)을 둘렀도다. 그 덕이 세상에 비치니 억만창생이 뉘 아니 공경 흠탄하리오. 극진한 공부의 거룩함이 윤회에 벗어나니 불생불멸하리로다. 지공무사한 덕이 천추에 유연하니 그 덕을 한 붓으로 찬양하기 어렵도다.'

유공과 두부인이 관음찬을 보고 칭찬하여 마지않고,

"문자와 필법이 이처럼 기묘하니 재덕이 겸비함을 알겠다. 매파의 말이 허언이 아니었으니 곧 예를 갖추어 다시 통혼하자."

남매가 합의하고 다시 매파를 사가(謝家)로 보내서 통혼하려고 부탁하였다.

"사소저의 덕행을 알았으니 잘 부탁하오. 그 댁의 허혼을 받아 오면 후하게 상을 주겠소."

매파가 기뻐하며 장담을 하고 사급사의 집으로 갔다.

사소저는 개국공신 사일청(謝逸淸)의 후예요, 사후영(謝厚英)의 딸이었다.

후영이 본디 청렴 강직하니 조정의 소인배가 꺼려하였다. 마침 소인배가 반란을 음모할 적에 사후영이 대간의 언관으로 있었으므로 간신들의 작당 농권을 분하게 여기고 여러 번 상소하다가 도리어 간신의 모해를 받고 소주로 귀양 갔다가 거기서 죽었다.

부인이 비분을 참고 소저를 데리고 고향 본집에 돌아와서 슬픈 세월을 보내며 소저를 애지중지 길렀다. 소저가 점점 크면서 모친을 모시고 지냈는데 그 용모와 재덕이 기이함은 말할 것도 없이 증자(曾子)처럼 편모를 지성으로 받들어 봉양하며 모녀가 서로 의지하며 살아왔다. 딸이 성장하여 혼기가 되었으나 주혼될 사람과 방도가 없어서 근심으로 세월을 보내고 있었다.

그러던 차에 하루는 매파가 찾아와서 용광 색덕을 칭찬하면서,

"제가 유씨 문중의 명을 받자와 귀댁 소저와 혼인 하겠다는 뜻을 전하러 왔습니다. 신랑 되실 유한림 으로 말하면 소년 등과하여 벼슬이 한림학사에 이르 고 소년 풍채와 문장 재화가 일세에 압두하니 귀 소 저의 용색과 일대 가연인가 하옵니다."

부인은 이미 유한림의 풍채가 범류에서 뛰어나다 는 소문을 들은 지 오래였으나 인륜의 대사를 매파 의 말만 듣고 가볍게 허혼할 수가 없었으므로 소저 가 아직 유약하다는 핑계로 시원한 대답을 주지 않 았다. 매파가 하는 수 없이 그냥 돌아와서 사실대로 자세히 유공과 두부인에게 보고하였다.

유공은 실망하고 오랜 생각 끝에 매파에게 물었 다.

"그 댁에 가서 할멈은 무어라고 말하였나?"

매파가 처음 인사부터 하직하고 오넌 인사말까시 자세히 되풀이하여 말하였다. 유공이 그 매파의 교 섭 경과를 듣고 문득 깨달아,

"내가 할멈에게 소홀하게 가르쳐 보냈었구나."

하고 매파를 돌려보냈다. 그리고 이튿날 유공이 직접 신성현으로 가서 지현(知縣)을 찾아보고 정중한 중매를 부탁하였다.

"아들의 혼사로 사가(謝家)에 매파를 보냈는데 규수의 모친이 규수의 유약을 핑계로 허혼하지 않으니 귀관이 나를 위하여 사가에 가 주시는 수고를 아끼지 마시오."

"노선생님의 말씀을 어찌 범연히 듣겠습니까?"

"가시거든 다른 말은 하지 마시고 다만 고(故) 사급사의 청덕을 흠모하여 구혼한다는 말만 전해 주시오. 그러면 반드시 허혼할 줄로 믿습니다."

유공이 부탁하고 돌아간 뒤에 지현이 사가로 찾아가서 부인에게 만나기를 청하자 다른 일로는 찾아올 리가 없는 지현의 방문이라, 요전에 매파가 와서 청하던 혼사인 줄 짐작하고 객당을 깨끗이 치우고 손님을 청해 들일 준비를 하였다. 부인은 딸을 미리 객당의 옆방에 깊이 숨겨 두고, 노복을 시켜서 지현을 객당 안으로 인도하여 들였다. 우선 주과를 잘 차려서 대접한 뒤에 부인은 시비에게 전언(傳言)하여,

"성주께서 친히 누지에 왕림하셔서서 한가의 외로움을 위로하여 주시니 저의 집의 영광이옵니다."

지현이 부인의 인사 전언을 공손하게 다 들은 뒤에 시녀에게 전언하여,

"소관이 귀댁을 찾아온 것은 다름이 아니라 귀댁 소저의 혼사를 꼭 이루어 드리고자 하는 뜻에서입니다. 전임 이부시랑 참지정사 유공 현이 귀 소저가 재덕을 겸비하고 자색이 비상함을 듣고 기특히 여길 뿐 아니라 사급사의 청명 정직함을 항상 흠앙하오니, 그 여아의 재덕은 불문가지라 하여 귀댁 소저로 며느리를 삼고자 하옵니다.

유공의 아들은 금방 장원하여 벼슬이 한림학사에 이르옵고 상총(上寵)이 극하오매 사람마다 사위를 삼고자 하는 바이나, 유공은 그 많은 구혼을 모두 불리지고 귀댁 소서에게만 나를 통하여 청혼함이니 이 좋은 때를 잃지 마시고 허락하시면 내가 돌아가서 유공을 뵈올 낯이 있을까 합니다."

부인이 다시 전언하여 대답하되,

"용우(庸愚)한 여식이 재덕이 부족하고 용모 또한 취할 것이 없는데 성주께서 이처럼 친히 오셨으니 어찌 사양하오리까. 성주께서는 돌아가셔서 쾌히 통혼하겠다는 비가의 뜻을 전해 주십시오."

지현이 크게 기뻐하고 돌아와서 유공에게 그 경과를 상세히 알렸다. 유공은 기뻐하면서 지현의 수고를 치하하였다. 곧 택일하고 혼례 준비를 시작하는 한편 사급사의 청렴결백으로 집에 유산이 없어서 가세가 빈한함을 알기 때문에 납폐를 후하게 보내었다. 그런데 유공은 아들의 성혼을 보지 못하고 세상을 떠난 부인 최씨를 생각하며 비회를 금하지 못하였다.

어느덧 길일이 되매 양가에서 큰 잔치를 베풀고 예식을 이루니 남풍여모(男風女貌)가 발월하여 봉황의 雙을 이루었다. 신부의 모친은 신랑의 신선 같은 풍채를 사랑하여 딸과 아름다운 雙을 이룬 것을 즐기면서도 남편 급사가 그 모양을 보지 못함을 슬퍼하는 눈물이 옷깃을 적시었다.

　신랑이 신부와 함께 빨리 집으로 돌아와서 신부가
폐백을 드리자 유공과 두부인의 남매 양위가 눈을
들어 비로소 신부의 모습을 보니 용모의 아름다움은
말할 것도 없고 현숙한 덕성이 나타나서 주가(周家)
팔백 년을 이루던 임사의 덕이 전해 남은 듯하였다.

　날이 서산에 져 잔치 손님들이 돌아가고 신부 또
한 숙소로 돌아가니 유한림이 첫날밤에 신부와 더불
어 운우지락을 이루어 남녀의 정이 흡연하였다.

　이튿날부터 소저는 시부를 효성으로 받들고 남편
을 즐겁게 섬기더니 유공이 우연히 병을 얻어서 백
약이 무효하며 유공이 소생하지 못할 것을 깨닫고
매제 두부인에게 길이 탄식하여 유언하였다.

　"현매(賢妹)는 나 죽은 후에 자주 왕래하여 가사를
주관하고 잘못이 없게 하라."

　또 아들 한림의 손을 잡고,

　"너는 앞으로 고모와 가사를 상의하여 사헌을 빛
내도록 하라. 네 아내는 덕행과 식견이 높으니 가부
를 불의로 섬기지 않을 것이니 공경하고 화락하라."

　고 유언하고 며느리 사씨에게도,

"너의 현부(賢婦)로서의 요조 성행을 탄복하니 안심하고 세상을 떠날 수 있다."

하고 마지막까지 칭찬하고 신임하였다. 유족들에게 일일이 유언한 유공이 그날 엄연한 자세로 별세하자 한림 부부의 호천애통은 비할 데 없었고 매제 두부인의 애통 또한 극진하였다. 상일 (喪日)에 임하여 선영에 영구를 안장하고 한림 부부가 집상하니 애회(哀懷)가 뼈에 사무쳐서 통곡하는 정상이 모든 사람의 눈물을 자아내어서 효성에 탄복하지 않는 자가 없었다.

세월이 물 흐르듯이 빨라서 어느덧 삼상(三喪)을 마치고 유한림이 직임에 나가니 황제가 중용하려고 하였다. 그런데 유한림이 조정의 소인을 배척하는 기개가 강직하므로 엄승상이 꺼리고 방해하였으므로 벼슬도 제대로 승진하지 못하였다.

그뿐 아니라 유한림의 나이가 삼십에 이르렀으나 슬하에 자녀가 없어서 망연하였다. 사부인이 이를 근심하고 한림에게 호소하였다.

"첩의 기질이 허약하고 원기가 일정치 못하여 당신과 십여 년을 동거하였으나 일점 혈육이 없으니 불효 삼천 가지 죄에 무자(無子)의 죄가 가장 크다 하며 첩의 무자한 죄가 존문에 용납하지 못할 것이나 당신의 관용하신 덕으로 지금까지 부지해 왔습니다. 그러나 곰곰이 생각하면 당신은 누대독신(累代獨身)으로 이대로 가다가는 유씨 종사가 위태로우니 첩을 개의치 마시고 어진 여인을 취하여 득남득녀하면 가문의 경사일 뿐 아니라 첩의 죄도 면할 수 있을까 합니다."

유한림은 허허 웃고서 부인을 위로하여 말하기를,

"소생이 없다 하여 당신을 두고 다른 첩을 얻을 수야 있소. 첩이 들어오면 집안이 어지러워지는 근본인데 당신은 왜 화근을 자청하는 거요? 그것은 천만부당하니 그런 생각은 하지 마시오."

"첩이 비록 용렬하나 세상 보통 여자의 투기를 잘 알고 경세하겠으니 첩의 걱정은 마시오. 태우의 일처일첩은 옛날에도 미덕이 되었으니 첩이 비록 덕이 없으나 세속 여자의 투기는 본받지 않겠습니다."

이 말을 듣고 있던 고모 두부인이 한림 부부의 사

정을 살피고,

"듣건대 옛날에 관저와 수목은 진실로 태자의 투기함이 없었기 때문에 도리어 덕이었지만 만일 문왕이 미색을 탐하시고 의종이 편벽하셨으면 태우가 투기는 하지 않았더라도 어찌 궁중에 원한이 없었으며 규중이 평생 어지럽지 않겠느냐. 지금 시속이 옛날과 다르고 성인이 아닌 범인으로서 어찌 투기가 생기지 않으리라고 장담하랴. 공연히 옛날의 미명을 사모하여 화근의 씨를 뿌리지 않도록 함이 좋다."

"제가 어찌 고인(古人)의 미덕만 앙모하겠습니까마는 시속 부녀가 인륜을 모르고 시부모와 남편을 업신여기고 질투로 일을 삼아서 가도를 문란케 하는 것을 기탄하는 바이오니 첩이 비록 어리석어 교화를 못할지라도 그런 패악을 창수하겠습니까. 제가 비록 어리석으나 몸을 반성하지 못하고 요색에 침혹하는 일은 결코 아니 하기로 맹세하옵니다. 그보다도 가문을 이을 후손을 보는 것이 더욱 중합니다."

사부인의 뜻이 이미 굳게 정한 것을 보고 탄식하여,

"네 뜻은 매우 갸륵하다. 그러나 가부가 만일 너

같은 현부의 간언을 청납하면 다행이지만 그렇지 않으면 내 말을 생각하고 뉘우칠 테니 그런 일이 없기를 바란다."

하고 두부인은 자기 집으로 돌아갔다.

이튿날 매파가 와서 사부인에게 권하였다.

"한 곳에 마땅한 여자가 있는데 부인이 바라고 구하는 뜻에 맞을까 합니다."

"내가 구하는 여자가 어떤 것인 줄 알고 하는 말이오?"

사부인이 묻자 눈치 빠른 매파는,

"댁의 둘째 부인으로 구하시는 뜻이 요색을 취하심이 아니고 사람이 믿음직하고 덕이 있으며 몸이 건강하여 아들을 낳아 후손을 이을 수 있는 여자인가 짐작합니다. 그렇지 못하고 용모와 재색만 잘난 여자는 부인께서 구하시지 않으실 줄 압니다."

"호호호. 대관절 그 여자의 근본을 자세히 말해 보소."

"양반 댁 사람으로서 성은 교(喬)요, 이름은 채란

(彩蘭)인데 조실부모하고 지금은 그의 형에게 의지하여 있는데 방년 십육 세입니다."

"다행히 벼슬 다니는 양반 댁 딸이라면 하류 천녀와 다를 것이니 가장 마땅하오."

하고 남편 한림에게 매파의 말을 전하면서 권하였다.

"내가 소실을 두는 것은 바쁘지 않소. 그러나 당신의 말이 관대하여 받아들이겠으니 택일해서 좋도록 하소."

그리하여 곧 그 집에 통혼하고 집에서 친척을 모아 간략한 잔치를 열어서 교씨를 제이 부인으로 데려왔다. 교씨는 유한림과 본부인에게 예배하고 자리에 앉았다. 주빈 일동이 교씨를 바라보니 자태가 매우 아름답고 거동이 경첩하여 마치 해당화 꽃가지가 아침 이슬 머금은 듯이 고와서 칭찬하지 않는 사람이 없었다. 그러나 두부인 혼자만은 안색이 우울해지며 말 한마디도 하지 않았다.

날이 저물자 교씨를 화원 별당에 머무르게 하고

유한림이 새로운 둘째 부인과 밤을 지냈는데 남녀의 두 정분이 각별하였다.

이때 두부인이 질부 되는 사씨에게,

"한림의 둘째 사람은 마땅히 질둔 유순한 여자를 얻어야 할 것을 잘못 택한 것 같다. 저토록 절색가인을 얻었으니 만일 저 여자의 성품이 어질지 못하면 장차 집안이 평온치 못할 것 같아서 걱정이다."

하고 미리 걱정하였다. 그러나 사부인은 태연한 태도로,

"옛날의 위장강의 고운 얼굴과 공교로운 웃음으로도 현덕지덕을 가작하여 지금까지 절대가인이 반드시 간교롭지 않음을 증명하고 있는데 색이 곱다고 어찌 어질지 않으리까?"

"장강은 어진 부인이었지만 자색은 그리 곱지 못하였던 모양이다."

하고 서로 웃었다. 그러나 이튿날 두부인은 사씨에게 재삼 새로 맞은 교씨를 조심하라고 이르고 돌아갔다.

유한림은 교씨 처소의 당호를 고쳐서 백자당(百子堂)이라 하고 시비 납매 등 다섯 명으로 교씨의 시

중을 들게 하였다.

교씨는 총명 민첩이 지나쳐 교활한 솜씨로 유한림의 마음을 잘 맞추며 본부인 사씨도 잘 섬겼으므로 집안이 칭찬하여 마지않았다. 멀지 않아 교씨 몸에 잉태하였으므로 유한림과 본부인 사씨가 매우 기뻐하였다.

한편 간사한 교씨는 아들을 낳지 못할까 미리 염려한 나머지 여러 무당을 불러서 물었지만 어떤 자는 생남한다고 하고 어떤 자는 생녀한다고도 하였다. 그리고 또 아들을 낳으면 단명하고 딸을 낳으면 장수한다는 점괘풀이도 하였다. 교씨는 무당들의 이런 불길한 점괘에 마음을 놓지 못하고 근심으로 지냈다.

하루는 시비 납매가 교씨에게 이상한 말을 속삭였다.

"동리에 어떤 여자가 있는데 호를 십랑이라 합니다. 본디 남방 사람으로서 여기 와서 우거 중인데 재주가 비상하여 모를 것이 없으니 그 사람을 불러다 물어보십시오."

교씨가 그 말을 듣고 기뻐하여 곧 자기 거처로 불러들였다. 교씨는 그 십랑에게 운수를 물었다.

"임자는 뱃속에 든 아기의 남녀를 알아낼 재주가 있소?"

"제가 비록 식견이 밝지 못하오나 수태한 사람의 남녀를 분별치야 못하겠습니까? 부인의 손을 잠깐 빌려 주시면 진맥한 후에 정확하게 판단해 올리겠습니다."

교씨가 팔을 걷고 맥을 짚어 보게 하자 십랑이 잠시 후에,

"여맥입니다."

하고 말하니 교씨는 그 엄연한 선언에 깜짝 놀라면서,

"대감께서 나를 이 댁으로 들여놓으신 것은 한갓 색을 취하심이 아니라 사속할 생남으로 농장지경(弄掌之慶)을 보고자 하신 것인데 만일 첫아기를 생녀하면 낳지 않느니만 못하니 이 일을 장차 어쩌리오."

"제가 일찍이 산중에 들어가 도인을 만나서 수업하면서 복중의 여맥을 남태로 변화시키는 술법을 배운 바 있습니다. 그 뒤에 그 술법을 시험해 보았더

니 영험이 백발백중입니다. 부인께서 꼭 생남하시고 싶으시면 저의 그 묘한 술법을 한번 시험해 보십시오."

교씨가 반색을 하고 그 술법으로 다행히 생남하면 천금을 아끼지 않고 후한 상을 주리라고 약속하였다. 십랑은 그 술법이 매우 어렵다는 태를 뺀 뒤에 문방사우를 청하여 기묘한 부적을 여러 장 써서 기괴한 비방을 많이 한 후 교씨 방 안의 각처와 침석 속에 감추어 둔 뒤에,

"저의 술법은 끝났습니다. 금후 만삭이 되면 반드시 옥동자를 낳으실 것입니다. 그때 다시 와서 득남 하례를 하겠으며 후하신 상금은 그때 받을까 합니다."

하고 십랑은 자신만만하게 돌아갔다. 그 후에 어느덧 십 삭이 차니 교씨는 과연 순산 득남하였다. 어린아이의 이목이 청수쇄락하고 크기가 세 살 된 아기만 하니 한림은 본부인 사씨와 기쁨을 이기지 못하였고 노복들도 모두 경희하며 칭송하였다.

교씨가 남아를 낳은 뒤로는 유한림의 교씨에 대한 대접이 더욱 두터워지고 사랑이 비할 데 없어서 백

자당을 떠난 일이 없고, 아들의 이름을 장지라 하여 장중보옥같이 여겼다. 더구나 본부인 사씨는 아기에 대한 정이 극진하였으므로 교씨가 낳은 아이인지 모를 정도로 두 부인 사이의 정까지 한층 깊어졌다.

때는 마침 늦봄이라 동산의 백화가 만발하여 경치가 아름다웠다. 유한림은 황제를 모시고 서원에서 잔치를 배석하여 집에 일찍 돌아오지 못하였다. 이때 사부인이 책상에 의지하여 글을 보고 있었는데 시녀 춘방이 와서,

"지금 화원 정자에 모란꽃이 만발하였으니 구경하십시오. 대감께서 아직 조정에서 돌아오지 않았으니 한가로운 이때에 한번 화원에 소풍하시고 꽃구경하십시오."

하고 권하였다. 사부인이 반가운 소식이라고 곧 책을 덮고 옷을 가볍게 갈아입은 뒤에 시녀 5, 6명을 거느리고 연보를 옮겨서 화원의 정자에 이르렀다. 버들 그늘이 정자의 난간에 기대고 꽃향기가 연

못에 젖었으며 그윽한 경치가 매우 고요하여 봄 경치가 매우 즐길 만하였다.

사부인이 시녀에게 차를 명하고 교씨를 청하여 함께 봄 경치를 구경하려던 참에 바람결에 문득 거문고 소리가 은은히 들려왔다. 사부인이 이상히 여기고 귀를 기울여 자세히 들으니 거문고 소리가 맑아서 비취가 옥쟁반에 구르는 듯 사람의 마음을 깊이 감동시켰다. 사부인이 좌우 시녀에게 물었다.

"어디서 누가 저렇게 거문고를 잘도 타느냐?"

"그 거문고 소리는 교낭자 침소에서 나는 성싶습니다."

"그럴까? 음률은 여자의 할 바가 아닌데 교낭자가 어찌 거문고를 저리 잘하겠느냐. 남의 말은 믿기 어려우니 저 소리 나는 곳에 가 보고 와서 사실대로 고하라."

시비가 사부인의 명을 받들고 거문고 소리 나는 곳으로 찾아가 보니 과연 백자당이었다. 시녀가 밖에서 안을 엿본즉 교씨가 요리상을 풍부하게 차려 놓고 섬섬옥수로 거문고를 희롱하며 한 사람의 미인이 화려한 의상으로 마주 앉아서 노래를 부르고 있었다. 시비가 자기의 눈을 의심하고 몇 번이나 자세히 본 뒤에 돌아와서 사부인에게 사실대로 고하였다.

사부인은 매우 못마땅하게 여겨 교랑이 어느 사이에 거문고를 배웠으며 또 노래를 부르는 사람은 누구냐고 노하였다. 그리고 교씨를 불러서 좋은 말로 훈계한 후에 다시는 그런 일이 없게 할 생각이었다. 그리하여 곧 시비를 보내어 교씨를 데려오라고 명하였다.

이때 교씨는 십랑의 술법으로 생남하고 유한림의 사랑이 두터워지자 십랑과 더욱 친해졌다. 그 뒤로 교씨는 십랑의 힘과 방예로 유한림의 총애를 독점하려고 애쓴 나머지 음률로 유한림의 마음을 매혹시키고 농락하려고 거문고와 노래까지 배우게 되었던 것이다.

"낭자가 유한림의 총애를 더 얻으려면 음률을 배우시오. 거문고와 노래는 장부를 혹하게 하는 마술이니 거문고 잘하는 사람을 스승으로 삼으시오."

"나도 그런 마음이 있으나 그런 사람을 구할 길이 없으니 소개해 주오."

"거문고 잘 타는 여자가 있는데 이름이 가랑으로서 거문고와 노래의 명수이니 그 여자에게 청하여 배우시면 됩니다."

교씨가 찬성하여 십랑을 통해서 가랑을 백자당으로 불러들였던 것이다. 가랑은 화방 계집으로서 온갖 풍악에 능숙하였는데 교씨의 부름을 받고 와서 곧 뜻이 맞고 정이 깊어졌다. 교씨는 본래 영리하였기 때문에 가랑에게 음률을 배우기 시작하자 거문고와 노래 솜씨가 일취월장하였다.

교씨는 음률의 스승이자 이야기 친구인 가랑을 옆방에 숨겨 두고 유한림이 조정에 나가고 없는 틈에 음률을 배웠다. 그리고 유한림이 집에 있을 때는 배운 솜씨의 음악으로 유한림의 심정을 혹하게 해서 더욱 총애를 받고 마침내 몸까지 독점하게 되었다. 그리하여 유한림은 사부인과는 점점 멀어져서 침소에는 얼씬도 않고 교씨 침소에만 사로잡혀 있는 형편이 되고 말았다.

그날도 유한림이 조정에 나가고 집에 없었으므로 요리를 차려 놓고 가랑과 함께 술을 즐기면서 가곡을 희롱하고 있는데 사부인의 시비가 와서 명을 전하며 같이 가자고 재촉하였다.

교씨는 황급히 주안상을 치우고 시비를 따라 사부인이 있는 화원의 정자로 가지 않을 수 없었다. 사부인은 넌지시 좋은 낯으로 맞아서 자리에 앉힌 뒤에 조용히 물었다.

"교랑 침소에 와 있는 미인이 어떤 여자지?"

"친정 사촌 누이입니다."

교씨가 거짓말을 하였다. 사부인이 엄숙한 태도로 정색을 하고,

"여자의 행실은 출가하면 시부모 봉양과 낭군 섬기는 여가에 자녀를 엄숙히 교육하고 비복을 은혜로 부리는 것이 천식이 아닌가. 그런데 방종하게 음률과 노래로 소일하면 가도가 자연 어지러워지니 교랑은 잘 생각하고 다시는 그런 일이 없도록 조심하게. 그리고 그 여자는 곧 제 집으로 보내고 이런 내 말

을 고깝게 여기지 말게."

"제가 배우지 못하여 그런 잘못을 깨닫지 못하였다가 이제 부인의 훈계 말씀을 들었으니 각골명심하겠습니다."

사부인은 재삼 위로하고 조금도 오해하지 말라고 자상하게 일렀다. 그리고 날이 지도록 화원에서 꽃구경을 하면서 즐겁게 지냈다.

하루는 유한림이 조정에서 돌아와 백자당에 들렀으나 술이 취하여 잠을 이루지 못하고 난간에 기대 봄밤의 원근 경치를 바라보니 달빛은 낮같이 밝고 꽃향기 그윽하매 호흥(好興)이 발작하였다. 그래서 교씨에게 거문고를 타고 노래를 하라고 청하자 교씨가 딴청을 썼다.

"바람이 차서 감기가 들었는지 몸이 불편하여 못하겠으니 용서하십시오."

"허허, 그게 무슨 말인고. 여자의 도리는 남편이 죽을 일을 하라고 해도 반드시 어겨서는 안 되는 법인데 그대가 병 핑계로 내 말을 거역하니 무슨 못마땅한 일로 그러는 것이 아닌가?"

"실은 제가 심심하기로 노래를 부르고 있었더니 부인이 불러서 책망하기를, 네가 요괴스럽게 집안을 어지럽게 하고 한림을 혹하게 하니 다시는 그런 행동을 말라고 꾸중하셨습니다. 만일 또다시 노래를 부르면 칼로 혀를 끊고 약을 먹여 벙어리로 만든다 하셨습니다. 제가 본디 비천한 계집으로 유한림의 은혜를 입사와 부귀영화가 이같이 되었으니 죽어도 한이 없습니다.

그러니 제가 지금 부르시라는 노래를 못하는 고충을 짐작하시고 용서하여 주십시오. 더구나 한림의 청덕이 저의 잘못으로 흠이 되고 흐려지실까 두려워합니다."

교씨가 공교로운 말로 은근히 사부인을 좋지 않게 중상하자 유한림이 깜짝 놀라면서 속으로 본부인 사씨의 질투라고 생각하고 교씨를 위로하였다.

"내가 그대를 취함이 모두 부인의 권고로 이루어진 것이요, 지금끼지 한 번도 그대에 대하여 나쁘게 대하는 것을 본 일이 없었다. 이제 부인이 그대에게 그런 책망을 한 것은 필경 비복들이 부인에게 참언으로 고자질했기 때문이 아닐까 한다. 부인은 본디

성품이 유순한 사람이라 결코 그대를 해치려고 할
리가 없으니 부질없는 염려는 말고 안심하라."

교씨는 투기로 가슴이 타올랐으나 대범한 유한림
의 말에는 잠자코 있었다. 그것이 더욱 유한림의 동
정을 사게 되었다.

속담에도 범의 그림에서는 뼈를 그리기 어렵고 사
람의 사귐에는 마음을 알기 어렵다고 하듯이, 교씨
는 교언영색으로 말은 겸손한 탈을 쓰고 있었으므로
사부인은 교씨가 겉 다르고 속 다른 본심을 알 수
없었다.

사부인이 교씨를 훈계한 것은 조금도 질투에서 나
온 사심이 아니었다. 다만 음란한 노래로 장부의 마
음을 미혹할까 염려한 것보다는 실로 교씨에게 정숙
한 여자의 몸가짐을 하라는 심정에서 충고한 데 지
나지 않았던 것이다.

그러나 교씨는 사부인의 충고에 원한을 품고 교묘
한 말로 유한림에게 은연한 참언을 하여 내화를 빚
어내게 하였으니 이것은 교씨의 요악한 투기 때문이
었다.

이때 유한림의 친한 벗이 하나 있었는데 그 친구가 자기의 집사로 있던 남방 사람 동청(董淸)을 천거하여 문객으로 두라고 권하였다. 유한림이 마침 집사를 구하던 중이라 집에 두고 집안일을 보게 하였다. 동청은 영리하고 민첩하여 남의 마음을 잘 맞추어서 영합하기를 잘하였다.

친구도 그의 마음이 착하지는 못해도 마음을 잘 맞추어서 좋게 여기다가 외임으로 떠나게 되자 동청의 허물은 말하지 않고 유한림에게 천거하고 갔던 것이다.

유한림이 동청을 불러서 사람됨을 보았을 때 동청의 언사가 민첩하여 흐르는 물 같았다. 유한림은 믿는 친구의 추천에다 그처럼 영리하였으므로 곧 집에 두고 서사(書士)의 일을 시켰다. 그런데 동청의 위인이 간사하고 교활하여 유한림에게 아첨하며 하고자 하는 것을 미리 알아차리고 비위를 잘 맞추었으므로 순진한 유한림이 기뻐하고 신임하게 되었다.

그런 동청의 태도를 본 사부인이 한림에게 귀띔하

였다.

"들리는 말에도 동청의 위인이 정직하지 못하다
하니 큰일을 저지르기 전에 내보내는 것이 좋을까
합니다. 전에 있던 곳에서도 요악한 일을 많이 하다
가 일이 탄로되어 쫓겨났다 하니 곧 내보내십시오."

"남의 풍설의 진부를 알 수 없고 친구의 추천으로
받아들였으니 좋고 나쁜 것은 좀 두고 보아야 할 것
아니오."

"사람은 부정한 사람과 함께 지내면 주위 사람까
지 부정에 물들게 되는 법이니 빨리 내보내서 가도
를 어지럽히지 말도록 예방하는 것이 좋을까 합니
다. 만일 그런 표리부동한 사람 때문에 지하로 돌아
가신 부모님의 가법을 추락시키면 그때 후회해도 소
용이 없습니다."

"당신의 말도 일리가 있으나 세상 사람들이 남을
중상하기 좋아해서 하는 풍설인지 모르니 좀 써 봐
야 진부를 알 것이며 좋지 못한 것을 발견했을 때
처리하는 것이 우리의 길이 아니겠소."

사부인은 남편 유한림의 태도가 못마땅하였다. 그
전에는 이런 문제로 이만큼 말하면 남편이 자기의

말에 따르더니 이렇게 고집
하는 남편의 태도가 이상스
럽기도 했다. 사실 유한림
으로서는 사부인의 신임하는 정도가 전과는
분명히 달라져 있었다. 첩 교씨의 참소로 사부인을
의심하는 마음이 유한림에게 생긴 줄을 사부인은 아
직도 모르고 있었기 때문에 말만 길어지고 결과는
얻지 못하였던 것이다.

그 후로 동청은 큰집 살림의 집사로 일을 보았는
데 유한림의 비위 맞추기에 노력하였으므로 유한림
은 사부인의 충고도 공연한 말이라고 다 잊어버리고
더욱 신임하면서 중요한 가사를 거의 일임하였다.

첩 교씨는 점점 노골적으로 사부인을 참소하였으
나 아직도 총명이 남은 유한림은 그저 못 들은 척하
면서 집안에 내분이 없게 되기를 바라는 태도였다.

마침내 질투에 불타게 된 교씨는 무당 십랑을 불
러서 자기의 분힌 사정을 밀하고 사부인을 모해할
계교를 물었다. 재물에 매수된 십랑은 묘한 계교를
오래 생각한 뒤에 교씨의 귀에 입을 대고 이리이리
하면 사씨를 절제할 수 있다고 속삭이고 조금도 근

심할 것이 없다고 다짐하였다.

"그럼 지체 말고 빨리 해서 내 속을 편히 해 주게."

"염려 마십시오."

십랑은 신이 나서 사씨를 음해하는 일을 착수하였다.

이때 마침 사부인 몸에 태기가 있어서 열 달이 차서 순산 생남하였으므로 유한림이 인아(麟兒)라 이름 짓고 기뻐하고, 상하 비복들까지 단념하였던 본부인이 득남하여 신기히 여기고 교씨가 생남하였던 때보다 몇 배로 경축하였다.

교씨가 이런 유한림과 집안의 기색을 보고 질투가 더욱 심해져서 간장이 타오르는 듯 어쩔 줄을 몰랐다. 십랑을 또 불러서 이 사실을 전하고 빨리 사씨 음해의 비방을 행하라고 재촉하였다.

십랑은 곧 요물을 만들어서 서면에 묻고 교씨의 심복 시비인 납매를 시켜서 이리이리하라고 가르쳐 주었다. 그런 간악한 음모가 비밀리에 진행되고 있는 것은 교씨, 십랑, 시비 납매의 세 사람 이외에는 아무도 알지 못하였다.

하루는 유한림이 조정에 입번하였다가 여러 날 만에 출번하여 집으로 돌아와 보니 집안의 상하가 황황하여 교씨 거처인 백자당으로 달려가니 교씨가 유한림을 보고 울면서 호소하였다.

"아이가 홀연히 발병하여 죽을 지경이니 심상치 않습니다. 병세가 체증이나 감기가 아니고 필경 집안의 누가 방예를 해서 일으킨 귀신의 발동인가 합니다."

"설마 그럴 리야 있을까?"

유한림은 교씨를 위로하고 아들의 방으로 가서 보니 과연 헛소리를 지르고 가위 눌리는 증세로 위급해 보였다. 유한림이 우려하여 약을 지어다가 시비 납매에게 급히 달여서 먹이게 하고 동정을 자세히 보았으나 조금도 차도가 없었다. 유한림은 낙망을 하고 교씨는 엉엉 울기만 하였다.

유한림의 총명도 점점 감하여 갔는데 열 번 찍어서 인 넘어가는 나무가 없다는 속담과 같이 교씨의 말에 귀를 기울이게 되었다. 의심이 늘어서 모든 일에 줏대를 잃게 되었다.

사부인의 부덕은 옛날 현부에도 손색이 없었으나

교씨 같은 요인(妖人)이 첩으로 들어와서 집안을 어지럽히고 천미한 여자가 누명을 만들어 가문을 욕되게 하니 마땅히 그런 사악한 여자는 엄중히 경계하여야 할 것이다.

이때 교씨는 교활한 집사 동청과 몰래 사통하고 있었으매 실로 한 쌍의 요악지물이었다. 교씨의 침소인 백자당이 밖으로 담 하나를 격하여 화원이 있었으며 화원의 열쇠는 교씨가 가지고 있었으므로 유한림이 내당에서 자는 밤에는 교씨가 화원 문으로 동청을 불러들여서 동침하며 음란을 일삼았다. 그러나 엄중한 비밀의 사통이라 시비 납매만이 알 뿐이었다.

유한림이 장지의 병이 심상치 않음을 보고 매우 심통하고 있을 때 교씨마저 칭병하며 식음을 끊고 밤이면 더욱 슬퍼하여 유한림의 마음을 불안케 하였다.

하루는 납매가 부엌에서 소세하다가 한 봉의 괴이한 방예를 얻었다고 유한림과 교씨에게 보였다. 그것

을 본 교씨의 얼굴이 흙빛으로 변해서 말을 못하고 앉았다가 이윽고 울면서,

"제가 십육 세 때 이 댁으로 들어와서 남에게 원망 들을 일은 하나도 하지 않았는데 어떤 사람이 우리 모자를 이토록 모해하나 참으로 억울해서 죽을 지경입니다."

유한림이 그 방예한 요물을 보자 묵묵히 말을 잇지 못하고 침통해 하고만 있었다.

"한림께서는 이 일을 어떻게 처치하실 생각입니까?"

교씨가 이 기회에 유한림의 결의를 촉구하였다. 유한림은 한참 생각한 끝에,

"일이 비록 잔악하지만 집안에 의심할 잡인이 없으니 누구를 지목하고 문초하겠는가. 이런 요예지물은 아무도 모르게 불태워 버리는 것이 좋지 않겠는가."

교씨가 문득 생각난 듯한 배노를 하다가 잠는 척하고,

"한림 말씀이 지당합니다."

대답하자 유한림이 안심한 듯 납매에게 불을 가져

오라고 명하여 뜰에서 친히 살라 버리고 아무에게도 누설하지 말라고 일렀다. 그러자 유한림이 나간 뒤에 납매가 교씨에게 불평스럽게 물었다.

"낭자께서는 왜 한림의 의심을 부채질해서 예정대로 일을 진행시키지 않고 좋은 기회를 잃었습니까?"

"이번에는 한림께 그만 정도로 의심하게 해 두는 것이 좋다. 너무 급하게 서두르다가는 도리어 의심을 사고 해로울 것 같아서 그랬다. 다음 기회에 한림께서 결심을 굳게 하시도록 할 것이니 너는 너무 조급히 굴지 마라. 그만해도 한림의 마음은 이미 동하였으니 요 다음에……."

이리이리하자고 납매에게 다음 계교를 말해 두었다.

유한림은 그 방예의 글씨가 교씨의 글씨임을 알았는데 그것 또한 교씨 부인의 필적으로 모방한 줄 짐작하고 불에 살라서 증거를 없앴던 것이다. 유한림은 전에 교씨가 사부인의 투기를 은연중에 비방하였을 때에도 믿지 않았었는데 이번에 이런 일까지 있을 줄은 꿈에도 생각하지 못하였다.

당초에 대를 이을 아들이 없어서 사부인의 주선으로 교씨를 첩으로 맞아들였더니 지금 와서는 자기도 자식을 낳게 되자 악독한 계교로 교씨 소생을 방예로 저주하여 없애려 한다고 보아 부인 대접에 냉담하게 되었다.

이때 사급사 댁에서 부인의 병환이 위중하므로 딸을 보고자 사돈 유한림 댁으로 편지를 내었다. 사부인이 모친의 위독한 기별을 받고 깜짝 놀라서 유한림에게,

"모친의 병환이 위중하시다 합니다. 지금 가 뵙지 못하면 평생의 한이 되겠으니 친정에 보내 주십시오."

"장모님 병환이 위독하시면 빨리 가시오. 나도 틈을 타 한 번 가서 문안하겠소."

사부인이 친정 길을 떠날 때 교씨를 불러서 자기 없는 사이의 가사를 부탁하고 인아를 데리고 신성현 친정으로 갔다. 모녀가 오래 떠나 있다가 병석에서 딸을 만나니 모녀가 일희일비하였다.

모친의 노환은 중하였으나 일진일퇴의 증세이므로 사부인은 구호하느라고 빨리 시가로 돌아오지 못하

고 자연 수개월이 흘렀다. 유한림의 벼슬은 본디 한가한 직책이라 때때로 틈을 타서 빙모 문병 차 신성현 처가로 왕래하였다.

이 무렵에 산동과 산서와 하남 지방에 흉년이 들어서 백성이 거산하여 사방으로 유랑하게 되었다. 황제가 이 지방의 기황을 들으시고 크게 근심하여 조정에 덕망 있는 신하 세 사람을 뽑아서 삼도로 나누어 보내어 백성의 질고를 살피라는 분부를 내렸다.

이때 유한림이 세 신하 중의 한 사람에 뽑혀서 급히 산동 지방으로 나가게 되었으므로 미처 사부인을 보지 못하고 떠났다.

유한림이 집을 떠난 뒤로는 교씨가 더욱 마음을 놓고 방자하게 동청과의 간통을 마치 부부같이 하여 거리낌이 없었다.

하루는 교씨가 동청에게,

"지금 한림이 멀리 지방을 순모하고 있으며 사씨가 오래 집을 떠나서 없으니 계교를 단행할 가장 좋은 시기인데 장차 사씨를 없애 버릴 무슨 방법이 없을까?"

하고 간부의 꾀를 물었다.

"묘계가 있소. 사씨를 쥐도 새도 모르게 죽여 버리겠으니 걱정할 것 없소."

하고 그 묘안을 귓속말로 설명하자 교씨가 반색하였다.

"낭군의 그 방법이면 귀신도 모를 테니 곧 착수해 주소."

"내게 냉진이란 심복이 있는데 내 말이라면 잘 듣고 꾀가 많으니 감쪽같이 해치울 것이오. 우선 사씨가 소중히 여기는 보물을 얻어야 하겠는데 그것이 어렵군요."

교씨가 한참 생각한 끝에 자신이 있는 듯이 말하였다.

"옳지, 좋은 수가 있어요. 사씨의 시비 설매가 우리 납매의 동생이니까 그 애를 달래서 사씨의 보물을 훔쳐 내게 하겠어요."

이런 음모를 한 뒤에 납매가 조용한 틈을 타서 사씨의 시비 설매를 불러서 금은과 보물을 주면서 꾀여 대었다. 이에 귀가 솔깃해서 넘어간 설매가,

"부인의 패물을 넣은 상자는 골방에 간수해 있으나 열쇠가 있어야지. 그런데 그 보물을 무엇에 쓰시려고 그러지?"

"그것은 묻지 말고 아무에게도 말하지 마라. 만일 이 일이 탄로 나면 우리 둘은 살지 못할 거야."

납매는 그런 위협까지 하고 교씨의 열쇠 꾸러미를 주면서 그중에 맞는 열쇠가 있을 테니 잘해 보라고 하며, 보물 가운데서도 유한림도 늘 보고 소중히 여기는 보물을 꺼내 오라고 부탁하였다.

설매가 열쇠 꾸러미를 숨겨 가지고 가서 골방에 간수해 둔 보석 상자를 열고 옥지환을 훔쳐다 교씨에게 주면서 그 옥지환의 내력을 고하였다.

"이 옥지환은 구가(舊家)의 세전지보라고 한림 양주께서 가장 소중히 여기셨습니다."

교씨가 기뻐하며 설매에게 후한 상금을 주고 동청과 함께 흉계를 시행시키기로 하였다. 마침 이때에 사씨를 모시고 갔던 하인이 신성현 친가에서 와서 사급사 부인이 작고했다는 부고를 전해 왔다.

"사씨 댁이 무후(無後)하시고 다음으로 가까운 친척도 없어서 우리 부인께서 손수 치상(治喪)하여 장

례를 지내시니 교낭자께 가사를 착실히 살피시라는
전갈이었습니다."

이 부고를 받은 교씨는 간사스럽게 시비 납매를
보내서 사부인을 극진히 위로하고 한편으로는 동청
을 재촉하여 흉계를 진행시켰다.

이때 유한림이 산동 지방에 이르
러 주점에 들러서 밥을 사 먹으
려 할 적에 문득 어떤 청년이 들
어와서 유한림에게 읍하였다. 유
한림이 답례하고 본즉 그 청년의 풍채가 매우 준
매하였다. 유한림이 성명을 묻자,

"소생은 남방 태생으로 성명은 냉진이라 하옵는데
선생의 고성대명(高聲大名)을 듣고자 하옵니다."

그러나 유한림은 민정 시찰로 암행 중이므로 바른
대로 밝히지 않고 다른 성명으로 대답한 후 민간의
곤궁한 실정을 물었다. 그러사 그 청년의 대답이 영
리하고 선명하였으므로 유한림이 감탄하고 계속 물
었다.

"그대는 지금 어디로 가는 길인가? 그대가 비록

남방 사람이라 하나 서울말을 하는군."

"저는 외로운 몸으로서 구름같이 동서로 표박하며 정처가 없는 사람입니다. 서울에도 수년간 있다가 올봄에 이곳 신성현에 와서 반년을 지내고 고향으로 돌아가는 길인데 다행히 수일 동안 함께 동행하게 됨은 좋은 인연이 될까 합니다."

"그런가? 나도 외로운 길에서 마음이 울적한 참이니 자네를 만나서 다행일세."

하며 주식을 권하니 서로 먹고 동행하게 되었다. 그들은 낮에는 길을 가고 해가 지면 주막에서 자고, 닭이 울어 밤이 새면 또 떠나가고 하였다.

유한림이 밤에 잘 때 보니 그 청년의 속옷 고름에 본 적이 있는 듯한 옥지환이 매여 있었다. 유한림이 이상히 여기고 자세히 본즉 아무래도 눈에 익은 옥지환이라 의심하지 않을 수 없었다.

"내가 일찍이 서연 사람에게 배워서 옥류를 좀 분별할 줄 아는데 자네가 가진 그 옥지환이 예사 옥이 아닌 듯하니 좀 구경시켜 주게."

청년이 옥지환 보인 것을 뉘우치는 듯이 머뭇거리

다가 마지못하는 듯이 옷고름을 끌러서 한림에게 내주었다. 유한림이 손에 받아들고 자세히 보니 옥의 색깔과 형태와 새긴 제도가 자기 부인 사씨의 옥지환과 똑같았다. 의심하면서 더욱 자세히 살펴보니 더 이상하게 푸른 털실로 동심결이 맺어 있지 않은가. 의심이 더욱 깊어졌으므로 청년에게,

"참 좋은 보배로군. 그대는 이것을 어디서 구하였나?"

청년이 거짓으로 슬픈 모양을 꾸미고 묵묵히 옥지환을 받아서 도로 옷고름에 매었다. 유한림은 그 옥지환의 출처가 궁금해서 다시 물었다.

"그 옥지환에 반드시 무슨 인연이 있을 텐데 나한테 말한들 무슨 거리낌이 있겠는가?"

청년이 오래 있다가 입을 열고,

"북방에 있을 때 마침 아는 사람에게 얻었는데 형이 왜 그리 캐어묻습니까?"

하고 그 출처를 일리려고 하시 않았다. 유한림은 어떤 도적이 자기 부인의 옥지환을 훔쳤던 것을 이 사람이 우연히 산 것이 아닐까 하고 그 내막을 알아내려고 기회를 보았다. 그럭저럭 여러 날 동행하는

사이에 두 사람은 자연 친근한 길동무가 되었으므로 유한림은 또 물었다.

"자네가 그 옥지환에 동심결을 맺은 이유를 좀체 말하지 않으니 어찌 그동안 길동무로 친해진 우정이라고 하겠는가?"

그러자 냉진이라는 청년이 마지못한 듯이,

"그동안 형과 정의가 깊어졌으므로 숨길 필요도 없지만 정든 사람의 정표로만 알고 나를 비웃지 말아 주십시오."

"그처럼 정든 사람이 있으면 왜 같이 살지 않고 남방으로 가는가?"

"호사다마하고 조물주가 시기하여 좋은 인연이 두 번 오지 않는 것을 어쩌겠습니까. 옛날 말에 규문에 한번 들어가는 것이 깊은 바다에 들어감과 같다 하더니 이것이 내가 사랑하는 소저와의 정사(情事)이매 어찌 안타깝지 않겠습니까?"

냉진은 짐짓 자기 사랑의 고민을 고백하는 듯이 슬픈 기색을 하며 탄식하여 보였다.

"그러나 자네 염복(艶福)이 부러워."

하며 두 길동무는 종일토록 통음하고 다음날 오후

각각 길을 나누어 이별하였다. 유한림은 냉진이라는 청년과 우연히 길동무가 됐으나 수일 동안 동행한 자의 근본을 알지 못하였다. 더구나 자기 부인 사씨의 옥지환의 행방이 어찌되었는지 궁금하였으나 멀리 떨어진 산동 지방을 암행 중이라 알아볼 도리가 없었다.

'세상에는 이상한 일도 측은한 일도 많구나. 혹은 집안의 종들이 그 옥지환을 훔쳐내다가 팔아 버린 것일까? 그러나 그 청년이 사랑하는 의중지인의 정표라던 넋두리는 무슨 관계의 뜻일까?'

유한림의 의심과 걱정은 천 갈래만 갈래로 심란스럽기만 하였다. 그런 근심을 하면서 반년 만에야 국사를 마치고 서울로 돌아오니 사부인이 친정에서 돌아와 있은 지도 오래였다.

유한림은 비로소 장모의 별세를 알고 부인과 함께 슬퍼하며 조상하고, 교씨와 두 아들 장지와 인아를 만나서 그립던 회포를 풀었다. 그리고 객지에서 냉진이라는 청년이 가지고 있던 옥지환이 궁금해서 사씨 부인에게 물었다.

"당신은 전에 부친께서 내려 주신 옥지환을 어디에 간수해 두었소?"

"패물 상자에 그대로 넣어 두었는데 그건 왜 갑자기 물으세요?"

"좀 이상한 일이 있었기로 궁금해서 보고자 하오."

사씨 부인이 이상히 여기고 시비에게 금 상자를 가져오라고 명하였다. 상자를 갖다가 열고 본즉 다른 패물은 전부 그대로 있었으나 그 옥지환 한 개만 보이지 않았다. 사씨 부인이 깜짝 놀라서,

"분명히 이 상자 속에 넣어 두었는데 이게 웬일일까요!"

하고 어쩔 줄을 몰라 하였다. 한림의 안색이 급변하여 말을 하지 않으므로 더욱 당황해서 물었다.

"그 옥지환의 행방을 한림께서 아십니까?"

유한림이 얼굴을 붉히고,

"부인이 남에게 주고서 나한테 묻는 것은 무슨 심사요?"

사씨 부인은 이 같은 남편의 뜻밖의 말을 듣고 부

끄럽고 두려운 마음
에 착잡하여 아무 말
도 하지 못하고 있었다.

이때 시비가 두부인께서 오셨다
고 고하였다. 유한림이 황망히 나가서
고모를 맞아들여 인사를 나눈 뒤에 두부인은 먼 길
의 무사왕복을 위로하였다. 이윽고 유한림은 두부인
을 향하여 말하였다.

"제가 출타 중 집안에 대변이 생겨서 곧 고모님께
상의하러 가려던 참에 잘 오셨습니다."

"아니, 집안에 무슨 대변이 생겼기에?"

유한림이 흥분을 진정하면서 냉진이라는 청년을
만나서 옥지환을 보고 또 그에게 들은 말이 이상하
여 집에 와서 옥지환을 찾아보았으나 과연 없으니
이 가문의 큰 불행을 장차 어찌 처치할까 하고 상의
하였다.

사씨 부인이 유한림의 그 말을 듣고 혼비백산하여
눈물을 흘리고 있다가,

"첩의 평일의 행색이 성실치 못하였기 때문에 주
인이 의심하고 지금 이런 누명을 쓰게 되었으니 무

슨 면목으로 사람을 대하겠습니까? 첩의 입으로는 변명하지도 않고 할 수도 없으니 죽이든지 살리든지 한림의 뜻대로 하십시오. 옛말에 이르기를 어진 군자는 참언을 신청(信聽)하지 말고 참소하는 자를 엄중히 다스리라 하였으니 한림은 살피셔서 억울함이 없게 하십시오."

두부인이 변색을 하고 유한림을 꾸짖었다.

"너의 총명이 선친과 비교하여 어떠하냐?"

"소질이 어찌 선친께 따를 수 있습니까?"

유한림이 황송해 하면서 대답하였다.

"사형(오빠)께서는 지인지감(知人之鑑)이 있고 또 천하의 일을 모를 것이 없이 지내셨는데 매양 사씨를 칭찬하되 우리 자부는 천하에 기특한 절대열부로서 옛날의 열부에 못하지 않다 하셨다.

또 네 일을 나에게 부탁하시기를 아직 연소하니 모든 것을 가르쳐서 그릇되지 않도록 하라고 하셨다. 또 자부에 대하여는 모든 일에 별로 경계할 바가 없다고 하셨으니, 이것은 선친의 총명이 사씨의 범행 숙덕을 잘 아시고 한 말씀이었으니 그 교자지도(敎子之道)가 어찌 범연하셨겠느냐.

그렇지 않을지라도 선친의 유탁을 생각함이 인자의 도리거늘 하물며 선친의 식감과 사씨의 열행에 이 같은 누명을 씌워서 옥 같은 처자를 의심하느냐? 이것은 필경 집안에 악인이 있어서 사씨를 모해함이 아니면, 시비들 가운데 간음한 자가 있어서 옥지환을 도적질해 낸 것이 분명하다. 그것을 엄중히 밝혀 내지 않고 왜 그런 어리석은 의심을 하느냐?"

　"고모님 말씀이 지당합니다."

　하고 유한림은 곧 형장지구를 갖추고 시비들을 엄중하게 문초하였다. 애매한 시비는 죽어도 모를 수밖에 없었고 장본인인 설매는 바른대로 고백하면 죽을 것이 분명하니 끝까지 고문을 참고 자백하지 않았으므로 마침내 시비들 가운데서 범인을 색출하지 못하여 두부인도 힐 수 없이 집으로 돌아갔다.

　그러나 사씨는 누명을 깨끗이 씻어 버리지 못하였으므로 하당하여 죄인으로 자처했고, 유한림은 유한림대로 참언을 하도 많이 들었으므로 역시 사씨에 대한 의심을 풀지 않았으므로 집안에서 기뻐하는 자는 교씨뿐이었다.

"선친께서 항상 말씀을 빛내어서 사씨를 옛날의 열부에 비교하고 다른 사람들은 안하로 보니 첩인들 어찌 좋지 않은 일을 해서 남의 치소 능욕을 받겠습니까. 첩의 소견으로도 두부인 말씀이 옳을까 합니다. 그러나 두부인 말씀도 역시 공평하지 못하셔서 사씨만 너무 칭찬하시고 한림을 너무 공박하시니 자못 체면이 없어서 민망스럽습니다.

옛날의 성인도 오히려 속은 일이 많사오니 선친이 비록 고명하시나 사씨가 들어온 후에 오래지 않아서 기세하셨으니 어찌 사씨의 심지를 예탁하심이며 임종 시의 유언은 한림을 경계하심에 지나지 않았던 것입니다. 그런데도 불구하고 두부인이 그 말씀을 빙자하여 모든 일을 사씨에게 상의하여 처리하라 강요하시니 어찌 편벽되지 않습니까?"

"사씨의 행색에 별로 구차한 점이 없어서 나도 이런 일은 없을 줄 알았더니 지금은 아무래도 의심하지 않을 수 없는 점이 있다. 요전에는 방예물의 저주 필적이 사씨 필적 같아서 그때는 집안 누구의 참

언인가 하고 불살라 버리게 하였지만 옥지환이 없어
진 일 같은 중대한 사건을 본 뒤로는 금후에 어떤
지경에 이를지 매우 불안하다."

하고 유한림이 사씨에 대한 현재의 심경을 말하자
교씨가 이때라고 다그쳐 물었다.

"그러면 사부인을 어떻게 처리하실 생각입니까?"

"그러나 지금 명백한 증참이 없으니 이대로는 다
스릴 수 없으며, 선친께서 사랑하셨고 또 초토(焦土)
를 함께 지내었고 숙모께서 그토록 두둔하시니 어찌
처치하겠는가."

유한림의 이런 신중한 태도에 교씨는 불만인 안색
으로 묵묵히 대답하지 않았다.

교씨가 또 잉태하여 십 삭
이 차서 남아를 낳았으므로
한림이 기뻐하고 이름을 봉추(鳳雛)라 하였는데, 교
씨 소생 형제를 사랑함이 장중보옥 같았다.

교씨는 한림이 없을 때를 타서 동청과 함께 흉계
를 꾸미고 있더니,

"요전에 행한 계교가 실로 묘하였소. 옛말에도 풀

을 뿌리째 뽑아 없애야 한다고 했으니 앞으로 어찌할까요? 더구나 두부인과 사씨가 옥지환 없어진 근맥을 잡아내어서 그 내막이 누설되면 어떡할까요?"

교씨가 전후사를 근심하자 동청이 교씨를 위로하면서 교사하였다.

"두씨가 옥지환 사건을 극력 추궁하고 있으니 숙질간을 참소하여 이간시키시오."

"나도 그런 생각이 있어서 두부인과 한림 사이를 이간시키고자 하지만 한림이 두부인 섬기기를 모친 못지않게 하여 모든 집안일을 두부인 뜻에 순종하니 그 계략은 어려울 것 같아요."

"그러면 묘책이 곧 생각나지 않으니 두고두고 상의합시다."

하며 사씨 음해를 끈덕지게 벼르고 있었다.

이때 두부인은 사씨의 누명을 벗겨 주려고 사람을 시켜서 옥지환이 없어진 단서를 잡으려 하나 잡지 못하고 심중으로 생각하기를,

'아무래도 교녀의 간계 같은데 단서를 잡지 못하

였으니 그런 발설을 할 수도 없고 이 일을 장차 어찌할까.'

하고 속을 썩이고 있었다. 그래서 유한림 집에 오래 머무르기도 거북해 하다가 아들 두억(杜億)이 장사부 총관으로 부임하므로 그 아들을 따라 장사로 가게 되었다. 자기는 아들을 따라서 장사로 떠나는 것이 좋으나 사씨의 고생을 생각하면 마음이 놓이지 않았다.

마침내 장사로 떠나는 날 유한림이 두부인 모자를 청하여 큰 환송 잔치를 배설하였는데 그 좌상에 사부인이 보이지 않았다. 두부인이 자못 울적하여 유한림에게 원망스러운 말을 하였다.

"오라버님이 세상을 떠나신 후로 현질 한림과 서로 의지하여 지냈는데 이제 갑자기 만리의 이별을 하게 되었으므로 현질에게 한마디 부탁코자 하는데 내 말을 꼭 지키겠느냐?"

"소질이 비록 신의가 없을시라도 고모님 말씀을 어찌 거역하겠습니까? 무슨 말씀인지 들려주십시오."

"다른 일이 아니라 사씨의 앞일을 부탁하련다. 사

씨의 성행이 근엄하여 억울한 마음도 소견대로 변명하지 않으니 더욱 측은하다. 그 정렬한 점으로 보아서 무죄한 것이 틀림없으니 멀지 않아 억울한 사실이 나타나려니와, 만일 내가 이 집에서 없어진 후에 또 무슨 해괴한 일로 참언이 있더라도 곧이듣지 말며 혹 무슨 불미한 일이 있더라도 나에게 먼저 편지로 상의하고 내 의견이 있을 때까지 과하게 처치하지 말아서 나중에 경솔했다고 뉘우치는 일이 없게 하라."

"고모님의 말씀을 명심하고 교의를 근수하겠사옵니다."

유한림이 맹세하듯이 대답하자 두부인은 시녀를 불러서 물었다.

"사부인께서 어디 가시고 이 자리에 안 보이시느냐? 이 자리에 오시기를 꺼려하시거든 나를 그리로 인도하라."

시비가 두부인을 모시고 사씨 있는 곳으로 갔다. 가서 본즉 사씨가 녹발(綠髮)을 흩트린 채 얼굴이 창백하고 전신이 연약해져서 입은 옷 무게조차 이기지 못하는 듯이 애처로웠다. 이를 본 두부인의 마음이 칼로 저미듯이 아팠다.

수심에 잠겨 있던 사씨 부인이 고모님을 보고 반가워하며 축하 인사를 올리었다.

"이번에 고모님 댁이 영귀하셔서 임지로 행차하시니 죄첩이 존하에 나아가 마땅히 하직 올려야 하련만, 몸이 만고의 누명을 쓰고 있기 때문에 나아가 뵈옵지 못하와 제 목숨이 있는 동안에 다시는 뵙지 못하게 되면 무궁한 한이 되겠더니 천만 뜻밖에 누처에 왕림하여 주셔서 감사하옵니다."

두부인이 눈물을 흘리면서 위로하였다.

"오라버님의 임종 시 유언에 한림을 나에게 부탁하시던 말씀이 아직도 귀에 쟁쟁하되 내가 조카를 잘 인도하지 못한 탓으로 사람을 이 지경에 이르게 하였으니 모두 내 허물이다. 그러니 타일에 어찌 지히로 들어가서 오라버님 영혼을 뵙겠느냐.

모두 내 불명이지만 질부는 너무 근심하지 말고 필경은 사필귀정으로 길운을 만나서 흑운을 벗어날 날이 올 것이다. 그러면 간사한 무리가 능히 모해하지 못하고 조카 한림이 자기의 불명을 뉘우치고 질부 누명을 씻어 줄 것이다.

예로부터 영웅 열사와 절부 열녀가 시운을 만나지 못하면 한때 곤욕을 당하는 법이니 널리 생각하고 심신을 상함이 없도록 하라. 이 유씨 가문이 본디 충문지가로서 간악한 소인에게는 원한을 사서 해를 많이 당하였으나 가중은 한결같이 맑더니, 선대가 별세하신 후로 이렇듯 괴이한 변고가 있으니 이것은 집안의 요사한 시첩이 조카의 총명을 흐리게 한 까닭이다.

요사이 조카의 거동을 보니 그전의 총명과 맑은 기운이 하나도 없고, 나하고도 집안일을 의논하는 일이 적어서 숙질간의 의도 감소되어 버렸다. 내가 동정을 살펴보니 한림도 귀신에게 홀린 것 같아서 빨리 그 매혹에서 벗어나기를 바라지만 그것도 시기가 와야 미몽을 깨우칠 것 같다. 질부도 천정(天定)의 운수로 여기고 과도하게 심사를 상하지 말라."

되풀이하여 신신당부한 두부인은 시비를 시켜서 유한림을 그 방으로 불러오게 하였다. 두부인은 유한림을 맞아 정색으로 슬퍼하면서 엄숙히 훈계하였다.

"요새 네 행사를 보아 아무래도 본심을 잃은 사람 같으니 매우 뜻밖의 일로써 슬프기 짝이 없다. 네 선친이 별세하실 때에 집안의 대소사를 나에게 부탁하신 말씀이 아직도 귓전에 새로운데, 내가 용렬하여 질부 사씨의 빙옥 같은 행실까지 시운이 불리한 탓인지 누명을 쓰고 고통하고 있는 정사를 보고도 내가 멀리 떠나게 되니 마음을 놓고 갈 수가 없다.

내가 지금 질부 있는 이 자리에서 한 말을 꼭 부탁하겠다. 금후에 집안에서 질부를 음해하거나 혹 무슨 흉사를 보게 되는 경우라도 결코 사씨를 의심하고 냉대하지 말고 내가 돌아오는 것을 기다려서 처리하라. 질부는 절부정녀니 결코 그른 생각이나 그른 행동은 하지 않을 것으로 믿는다. 질부의 신세가 위태로운 정상을 보니 내 발길이 돌려지지 않는다. 그러니 소카 한림은 부디 조심하고 간사한 말을 듣지 말아라."

유한림은 이마를 찌푸리고 엎드려서 묵묵히 고모의 말을 듣고만 있었다. 두부인은 깊은 한숨을 쉬고

재삼 사씨의 일을 당부하고 돌아갔다. 사씨 부인은
가장 믿어 오던 보호자가 떠나감을 멀리 바라보며
슬프게 울었다.

교씨는 원수같이 여기다가 이제 멀리 장사로 감을
내심으로 기뻐하고 십랑을 불러 놓고,

"지금까지 원수 같던 두부인이 이제 아들을 따라
멀리 가게 되었으니 이때 빨리 계획대로 해치우는
것이 좋겠네."

십랑이 찬성하고 계획을 진행하기로 하고 납매를
불러서 이리저리하라고 일렀다. 그 말을 들은 납매
는 설매를 불러서 계교를 일러주었다.

"매우 중대한 일이니 먼저 교낭자께 알리고 하는
것이 좋을 것 아니오?"

하고 설매는 교씨의 확실한 다짐을 받으려는 생각
에서 말하자 납매도 찬성하고 교씨와 함께 만나서,

"지금 사씨 부인을 이 댁에서 내쫓으려면 아씨 아드님 장지 아기의 목숨을 끊어야 한림께서도 격분하시어 계교를 행할 수 있을까 합니다."

교씨도 자기 아들의 목숨을 희생으로 삼아야 되겠다는 말에는 깜짝 놀랐다.

"미운 사씨를 위한 일이라면 무슨 일을 하여도 좋지만 어찌 귀여운 내 아들의 목숨을 제물로 바치겠느냐? 그리고 어찌 내가 살 수 있겠느냐?"

이에 악에 바쳐서 묵묵히 말을 못하고 있었다.

이때 유한림은 두부인이 멀리 떠난 후 더욱 기댈 곳이 없어서 주야로 백자당에서 교씨와 즐겁게 지내던 중 아들 장지의 병이 낫지 않는 것을 근심하면서 납매와 설매에게 약시중을 시키고 있었다. 그런데 설매가 사씨 부인의 시비인 춘방을 시켜서 약을 달이게 한 뒤에 장지에게 먹일 때 몰래 독약을 섞어서 먹였다.

이 얼마나 끔찍하랴. 교씨는 남을 집으려고 제 자식을 죽이기까지 하였으니 어찌 천도가 무심하며 만고의 독부가 아니겠는가. 천진한 어린아이 장지가 약을 먹자마자 전신이 푸르게 부어오르고 일곱 구멍에서 일시에 피를 흘려 내면서 한마디 큰소리를 지르고 죽어 버렸다.

교씨와 유한림이 대경실색하고 장지의 시체를 살펴보니 독약을 먹고 죽은 것 같으므로 유한림이 의심하고 약그릇을 가져와 남은 약을 개에게 먹여 본즉 약을 먹은 개가 즉사하였다. 이것을 본 유한림의 얼굴이 흙빛으로 변하는 것을 본 교씨가 대성통곡하면서,

"내 평생에 남의 원한을 살 만한 일은 한 적이 없는데 어떤 간악한 자가 우리 모자를 죽이려고 이런 악독한 짓을 했을까?"

하고 죽은 자식을 붙잡고 장지의 이름을 부르며 울다가 유한림에게 향하여,

"한림이 내 원수를 갚아 주지 않으시면 나도 죽어 버리고야 말겠나이다."

유한림은 교씨를 위로하고 좌우의 시녀를 족쳐서 장지에게 먹인 독약의 출처를 추궁하려고 하였다.

사씨 부인은 시비 춘방이 설매의 꼬임으로 약을 달였는데 약을

쓴 뒤에 장지가 급사한 것을 보고 깜짝 놀라서 겁을 집어먹고 탄식하였다.

"장지의 어린 목숨이 불쌍하다. 죄 없는 자식이 어미를 잘못 만나서 참혹한 죽음을 하였구나. 공교롭게 내가 달인 약을 먹고 죽었다는 의심을 받은 내 신세가 앞으로 무슨 화를 입을지 모르겠다."

유한림이 서헌에 나와서 여러 비복들을 호령하고 당장에 납매와 설매를 잡아내다가 엄형으로 독약의 출처를 추궁하여 살이 터지고 피가 흘렀으나 좀처럼 자백하는 자는 나오지 않았다. 설매는 교씨의 심복이라 이를 갈고 불복하였으므로 유한림은 하는 수 없이 시비들을 모두 감금하고 자백하는 자가 나오기를 기다리려고 하였다.

시비들이 그 흉한 사고를 사씨 부인에게 알리고 통곡하였으므로 사씨 부인도 경악하면서 마침내 올 것이 왔다고 생각하였다.

"내가 이런 일이 있을 줄 예측한 지가 오래니 새삼스럽게 놀랄 것도 없다. 피하지 못할 운수일지도 모른다."

하고 안색이 조금도 변하지 않았다.

이튿날에는 유씨 종중이 모두 모여서 가문의 괴변을 처리하려고 의논하였다. 이 자리에서 유한림이 사씨의 전후 죄상과 모든 의심쩍은 말을 하였다. 그러나 모든 사람은 전부터 사씨의 현숙함을 알고 있었으며 사씨 또한 친척을 후대하여 왔으므로 깜짝 놀라며 의심하지 않을 수 없었다.

그러나 유한림은 반드시 증거를 잡아내겠으니 비밀을 아는 사람은 가문을 위하여 서슴지 말고 증거인으로 나와 달라고 요구하였다. 그러나 남의 집안의 비밀 일을 어떻게 알겠느냐고 펄쩍 뛰며 이구동성으로,

"이 일은 한림 스스로 잘 살펴서 처치할 일이지 우리가 어찌 판단하겠소. 우리 소견은 한림이 공명정대하게 처치하기를 바랄 뿐이오."

하고 은근히 사씨의 무죄를 암시하는 동시에 그런 불상사의 분규에는 휩쓸려 들기를 꺼려하였다. 유한림은 향촉을 갖추어 사당 앞에 올리고 친척들과 함께 분향 예배하고 사씨의 죄상을 고하였다.

그 죄상에 고발하는 글월에,

'유세차 가정 삼십 년 모월 모일에 효증조 한림학

사 유연수는 삼가 글월을 현증고조(顯曾祖考) 문현각 태학사 문충공부군(文忠公府君), 현증조비 부인 호씨, 현조고 태상경 이부상서부군(吏部尚書府君) 현조비 부인 정씨, 현고 태사공 예부상서부군(禮部尚書府君), 현비 최씨 영전에 아뢰옵나니 부부는 오륜이요, 만복지원 이매 나라를 비롯하여 서인에 이르기까지 어찌 삼가지 아니하리오.

슬프도다, 저 사씨 처음으로 유씨 문중에 들어오니 가내에 예성이 자못 자자하고 예도에 어김이 없으므로 천행이었습니다. 그러나 범사에 처음만 있고 내내 여일치 못하여 혹 불미한 일이 있어도 대체를 생각하고 책하지 않았더니 그 후로 사씨의 행색이 점점 방자하여졌습니다.

선고(先考)의 삼년상을 함께 모신 후에 출사하여 집에 있지 못하는 사이에 더욱 음흉하였고 모병(母病)을 빙자하여 본가에 가서 누행이 탄로되었으나 혹 억울한 중상을 입은 것이 아닌가 생각하고 집안에 자취를 머무르게 하였던 것입니다.

그런데도 스스로 후회하지 않고 그 죄가 칠거에 더하니 조종 심령이 흠향치 않으실 바이므로 후사 멸절할까 두려워 부득이 출거시키고자 하옵니다. 소첩 교씨는 비록 육례는 갖추지 못하였으나 실로 명가의 자손이요, 고서를 박람하여 가히 조종의 제사를 받듦직하온지라, 교씨를 봉하여 정실로 삼나이다.'

　　유한림은 조상 영전에 고하는 이 글월을 다 읽은 뒤에 시비들을 시켜서 사씨를 데려다가 사당 앞에 사배하직케 하니 사씨의 눈물이 비 오듯 하였다. 친척들은 대문 밖에서 쫓겨 나가는 사씨와 이별하며 모두 동정의 눈물을 흘렸다. 유모가 사씨 소생 인아를 안고 나오자 사씨 부인이 받아 안고 차마 이별하지 못하였다.

　　"너는 내 생각을 말고 잘 있어라. 혹 우리가 다시 만날 날이 있을지도 모른다. 새도 깃을 잃으면 몸을 부전하기 어렵다 하니 나 간 뒤에 넌들 어찌 완명할 수 있으랴. 서로가 죽더라도 하생에서 미진한 인연을 후생에 다시 만나서 모자의 연분이 되기를 원한다."

사씨의 슬픈 회포가 피눈물로 화하여 흘렀다. 문전에서 발이 떠나지 않는 사씨 부인은 다시 자기 모자의 슬픈 신세를 하소연하였다.

　　　"네 조부님께서 세상을 떠나실 때 모시고 따라가지 못하고 살아 있다가 지금 이런 광경을 당하니 어찌 슬프지 않으랴."

　　하고 사랑스런 아들 인아를 다시 유모에게 돌려주고, 죽으러 가는 죄인처럼 가마에 오른 뒤에도 유모에게 안긴 천진난만한 인아의 조그만 손을 잡고 어루만지다가 마지막으로 어린 손을 놓아 이내 가마가 떠나자 어린 인아가 엄마를 따라가려고 애처롭게 울어댔다. 사부인은 우는 목소리로 유모에게 인아의 장래를 수없이 당부하고 하인 하나만 데리고 떠나 버렸다.

　이때 유한림 집안에서는 교씨의 흉계가 성공되었으므로 교씨의 시비들이 저희들 세상이 되었다고 기뻐하였다. 그 시비들은 교씨를 사당 앞으로 인도하고 분향 예배시키기를 서둘렀다.

주홍군의 패옥 소리가 맑게 울리고 황홀히 빛나서 마치 신선과 같이 아리따운 자태였다. 사당 예배를 마치고 정실부인으로서 많은 비복들의 하례를 받았는데 교씨는 비복들에게 향하여 훈시하였다.

"내가 오늘부터 새로 이 댁의 내사를 다스릴 터이니 너희들은 각각 맡은 일에 근면하고 죄를 범하지 않도록 명심하라."

이에 응하여 시비 중 8, 9명이 앞으로 나와서 교씨에게 아뢰었다.

"그전의 사씨 부인이 비록 출거하셨으나 여러 해 섬기는 동안에 은혜를 많이 받았습니다. 다행히 부인께서 허락하시면 문밖까지 나가서 전 부인께 이별 인사를 드리고 전송하고자 하옵니다."

"그것은 너희들의 인정상 원하는 것이니 내가 어찌 막겠느냐?"

교씨의 허락이 내리자 모든 시비들이 일시에 문밖으로 달려 나가서 이미 저만큼 떠나는 가마를 따라가서 통곡하였다. 사씨가 교자를 멈추고 타일렀다.

"너희들이 나를 생각하고 이렇게 나와서 나를 보

내 주니 고맙다. 앞으로는 새로운 부인을 잘 섬기며
나를 잊지 말아다오."

이 말에 여러 시비가 울면서 배별을 슬퍼하여 마
지않았다.

유한림의 집에서
쫓겨난 사씨는 가
마꾼에게 신성현으로
가지 말고 유씨의 묘소
로 가라고 분부하였다. 교자가 묘소에
이르자 사씨는 시부모 묘전에 수간초옥
을 짓고 거기서 홀로 살았다. 그 뒤로 한적한 산중
에서 화조월석에 친부모와 시부모를 사모하는 효성
이 지극하였다.

이런 소식을 들은 사씨의 남동생이 찾아와 눈물을
흘리면서 탄식하였다.

"여자가 남편에게 용납되지 못하면 마땅히 친정으
로 돌아와서 형제와 함께 지낼 것이지 누님은 왜 이
런 무인 산중에 홀로 고생을 하고 계십니까?"

"네 말은 고맙다. 내가 어찌 동기지정과 모친 영
혼을 모르겠느냐. 그러나 한번 친정으로 돌아가면

유씨 집안과는 아주 인연이 끊어지고 말 것이요, 또 한림이 비록 갑자기 나를 버렸으나 내가 돌아가신 시부님께 죄진 일이 없으니 시부님 산소 밑에서 여년을 마치는 것이 나의 마지막 소원이다. 그러니 내 걱정을 말아라."

사씨의 아우는 자기 누님의 고집을 알고 집으로 돌아가 노복 한 사람과 시비 두 사람을 보내서 사씨 신변을 보살피게 하였다. 사씨는 아우의 정의에 고마운 눈물을 흘리면서,

"우리 친가에 본디 노복이 적은데 어찌 내가 여러 비복을 거느리겠는가?"

하고 노복 한 사람만 두어 외부와 연락하는 데 쓰고 시비들은 도로 친정으로 보내었다. 이 묘지 근처에는 유씨 종중과 노복들이 많이 살고 있었으므로 사씨가 시부 묘하에 묘막을 짓고 살게 된 사실에 동정과 감격을 하고 모두 위로하여 쌀과 야채를 끊임없이 공급하여 주었다. 그러나 사씨는 그런 친척과 노복들의 신세만 지는 것이 송구하여 되도록 사양하고 바느질과 길쌈으로 근근이 연명하며 외로운 세월을 보내고 있었다.

이때 사씨를 태우고 갔던 가마꾼들이 유한림 댁으로 돌아와 사씨가 유한림의 부친 묘소 밑으로 가서 거처를 삼으려는 소식을 전하였다. 교씨는 그 소식을 듣고 사씨가 신성현의 제 친정으로 가지 않고 유씨 묘소로 간 것은 유씨 가문에서 축출한 명령을 거역하는 방자스러운 소행이라고 분하게 생각하고 유한림에게 그 부당함을 주장하였다.

"사씨는 오명으로 조상께 죄진 몸인데 어찌 감히 유씨 묘하에 있을 수 있습니까? 빨리 거기서 쫓아 버려야 합니다."

유한림이 침울한 마음으로 더 염두에 두지 않으려고,

"이미 우리 집에서 쫓아버렸으니 제가 어디 가서 살든 죽든 상관할 것 없지 않소. 하물며 산소 부근에는 다른 사람들도 많이 사는데 그만 금할 수도 없으니 모른 척하고 잊어버립시다."

교씨는 더 주장은 못하였으나 속으로 못마땅하게 여겼다.

그러다 하루는 동청에게 의논하자 동청이 후환을 염려하고,

"사씨가 제 친정으로 가지 않고 유씨 묘하에 머물러 있는 것은 큰 뜻을 품은 행동으로, 앞으로 옥지환 행방 등 우리 계교를 발명하고 복수하려는 저의가 분명하고 제가 유가의 자부로 자처하면서 후일을 도모하려는 것이 아니겠소. 더구나 그 근처에 있는 유씨 종중의 인심을 사려는 간교가 또한 분명하오. 그뿐 아니라 한림이 춘추로 성묘를 다니시다가 그 처량한 모양을 보시면 철석간장이라도 옛날 정의를 생각하고 다시 어떻게 마음이 동요할지 모르니 마음이 놓이지 않습니다."

"그러면 곧 사람을 보내서 암살해 버릴까?"

교씨가 성급하게 최악의 수단을 말하였다.

"그것은 도리어 평지풍파를 일으킬 염려가 있으니 안 됩니다. 지금 갑자기 죽이면 역시 가엾게 여기는 마음이 남아 있는 한림이 우선 의심합니다. 나한테

한 가지 계획이 있는데 그것은 냉진이 아직 가속이 없고 그전부터 사씨를 흠모해 왔으니 그에게 사씨를 속여서 꾀어다가 첩을 삼게 하면 나

중에 한림이 듣더라도 변절해 버린 여자라 여기고 아주 잊어버릴 것입니다."

"호호호, 그렇게만 되면 냉진에게도 좋은 일이지만 잘 될 수 있을까?"

"냉진의 수단으로는 되고말고요. 사씨가 유씨 묘하에 뿌리를 박고 있으려는 계획은 아까 말한 것 외에도 장차 두부인이 오는 것을 기다려 그 힘을 빌려서 한림과 다시 인연을 맺으려는 계획입니다.

사씨가 두부인을 하늘같이 믿고 있으니 이제 두부인의 편지를 위조하여 장사로 인마를 차려 오라 하면 반드시 그대로 할 것이니, 도중에서 냉진이 데려다가 겁탈하여 첩으로 삼으면 사씨가 아무리 절개를 지키려 하더라도 연약한 몸으로는 욕을 당하고 단념하게 될 것이니 이것이 소위 독 속에 든 쥐라, 별수 없을 것입니다."

교씨는 간부(間夫) 동청의 계략을 듣고 여간 반가워하지 않았다.

"당신의 계교는 정말로 신출귀몰하니 와룡 선생의

후신인가 보구려."

동청은 몰래 냉진을 불러서 그 계교를 일러주었다. 냉진은 총각인데다가 사씨의 높은 평판을 알고 있었으므로 기뻐하면서 두부인의 필적을 청하였다. 동청이 염려 말라 한 뒤에 교씨에게 그것을 구하게 해서 냉진에게 주었다.

냉진은 두부인의 필법을 모방한 똑같은 글씨로 사씨에게 서울로 오라는 사연을 썼다. 즉 유한림의 무상한 태도를 탄식하고, 당분간 서울로 와서 함께 지내다가 사가(謝家)로 복귀할 시기를 기다리라는 편지를 보냈다. 그리고 교자와 인마를 차려서 보내니 곧 타고 오라는 재촉이었다.

냉진은 이러한 두부인의 편지로 교묘하게 위조한 뒤에 교자와 말을 세내고 가마꾼 등의 인부 십여 명을 매수하여 보내면서, 사씨에게 장사에서 온 것같이 잘 행동하라고 교사하였다. 냉진은 사씨를 유괴할 인부들을 보낸 뒤에 집으로 돌아가 화촉을 갖추고 사씨가 유괴되어 오기를 기다렸다.

하루는 사부인이 창가에서 베를 짜고 있을 때 문득 문밖에서 부르는 소리가 들렸다.

"문안드립니다. 이 댁이 유한림 부인 사소저 계신 댁입니까?"

노복이 나가서 그렇다 하고 어디서 무슨 일로 왔느냐고 물었다.

"서울 두총관 댁에서 왔소."

"두총관이 마님을 모시고 임지로 가셨고 그 후로 그 댁이 비었는데 누구의 명으로 왔소?"

"아직 두총관 댁 소식을 모르는군. 우리 주인께서 장사 총관으로 계시다가 나라에서 한림으로 제수하시고 조정의 내관으로 부르셨으므로 마님께서 먼저 상경하셨는데 사씨 부인께서 여기서 고생하신다는 소식을 들으시고 놀라서 우리를 보내어 문후하라고 편지를 가지고 왔소."

하고 찾아온 전갈꾼이 사씨 부인의 노복에게 편지를 전하였다. 노복이 안으로 들어가서 사씨 부인에게 그대로 알렸다.

사씨 부인이 그 편지를 받아서 봉을 떼어 본즉 그 사연은 이별한 후에 염려하던 말로 위로하고 아들의 벼슬이 승진하여 곧 임지를 떠나 상경하리라는 것과 그에 앞서서 자기가 먼저 상경하여 있다는 사연이었다. 그리고 또 유한림의 오해로 쫓겨나 산중 산소 밑에서 고생하다 강포한 무리의 침노를 당할까 두려우니 당분간 자기 집으로 와서 있으면 모든 것이 좋지 않을까 생각하며 만일 이런 자기 뜻에 찬성하면 곧 교자를 보낸다는 내용이었다.

이 두부인의 편지를 본 사씨 부인은 두부인이 장사에서 아들의 내관 전직으로 먼저 상경한 것을 기뻐하며 곧 두부인한테로 가겠다는 답장을 써서 전갈 온 사람에게 주어 돌려보냈다.

그리고 그날 밤에 혼자 앉아서 곰곰이 생각하되,

'이곳이 비록 산골짝이지만 선산을 바라보며 마음을 위로했었는데 이제 이곳도 떠나게 되어 서울 두부인 댁으로 가면 몸은 편할지라도 마음은 더욱 허전할 터이니 내 신세가 처량하다.'

그런 생각 중에 홀연히 잠이 와서 조는데 비몽사몽간에 전에 부리던 시비가 와서 시아버님 유공께서 부르신다고 말하면서 가기를 청하였다. 사씨 부인이

곧 시비의 뒤를 따라서 어
느 곳에 이르니 시비 몇 명
이 나와서 맞아들였다. 사씨
부인이 시아버님의 침전에 이르
러서 보니 완연히 그전 시아버님의
생시 모습이었다. 사부인이 반가워서
흐느껴 울었다. 유공이 가깝게 끌어서 슬
하에 앉힌 후 무애하여 위로하고,

"어리석은 아이가 참언을 듣고 너 같은 현부를 내
쫓아서 고생을 시키니 내 마음이 아프다. 그러나 오
늘 불러 가겠다는 두부인의 편지는 진짜가 아니니
속지 말라. 네가 그 글씨의 자획을 다시 자세히 보
면 위조 편지임을 알 것이니 결코 속지 말라. 그리
고 내가 세상을 이별한 뒤로 너를 다시 보지 못하였
으니 어찌 슬프지 않으랴. 눈을 들어서 나를 다시
봐라.

비록 유명의 세계가 다르나 자부가 아이와 함께
사당에 분향하고 잔을 올리더니 지금 와서는 천첩이
던 간악한 교씨가 제사를 받들매 내 어찌 흠향하겠
는가. 이런 해괴하고 슬픈 일이 어디 있으랴. 현부

가 집을 떠난 후에 이곳에 와 있으니 나도 너의 정성을 기쁘게 여기고 의지하여 왔는데 네가 이제 멀리 떠나가면 또한 외로워서 어찌하랴."

사부인이 시부 유공에게 울면서 대답하되,

"두부인께서 부르시더라도 어찌 묘하를 떠나겠습니까?"

"정말로 두부인 옆으로 간다면 나도 말릴 생각은 없다마는 그 편지가 위조물이요, 그렇다고 여기 오래 있으면 또 박해가 있을 것이다. 더구나 자부에겐 7년 재액의 운수이니 마땅히 남방으로 멀리 피신하는 것이 좋다. 그것도 박해가 급하니 지금 빨리 피신하라."

"외롭고 약한 여자의 몸으로 어찌 7년 동안이나 사고무친한 타향을 유리하겠습니까? 앞으로 겪을 길흉을 가르쳐 주십시오."

"그 천수를 낸들 어찌 알겠느냐? 다만 내가 일러두거니와 지금으로부터 6년 후의 4월 십오일에 배를 백빈주에 매어 두었다가 급한 사람을 구해 주어라. 이 말을 명심불망하였다가 꼭 그리해야만 네 운수가 대통한다."

"분부대로 하겠습니다. 그러나 이제 이곳을 떠나면 언제 또다시 뵙겠습니까?"

하고 흐느껴 울었다. 그 잠꼬대의 울음에 놀란 유모와 노복이 몸을 흔들기로 사씨 부인이 놀라서 눈을 뜨니 꿈결이었다. 사씨 부인이 그 신기한 꿈 이야기를 한즉 유모와 노복도 신기하게 여기고 소홀히 여길 꿈이 아니라고 아뢰었다.

사부인이 꿈에서 가르친 대로 두부인이 보냈다는 편지를 꺼내 글씨의 자획을 자세히 살피면서,

"두 총관이 홍(洪)자를 은위하는데 두부인 편지라면 어찌 홍자를 썼을까? 아무리 필적을 비슷하게 흉내 냈어도 이것만으로도 위조가 분명하다. 도대체 어떤 자가 이렇게까지 악랄한 수단으로 나를 모해하려는가."

하고 흉흉한 의심으로 잠을 이루지 못하던 중에 어느덧 날이 훤히 밝기 시작하였다. 사씨가 유모에게 은근히,

"어젯밤 꿈에 시부님의 영혼이 분명히 남방으로 가라고 가르쳐 주셨는데 마침 장사가 남방이라, 두부인이 가실 때에 수로 수천 리라 하시더니 이제 시

부님 영혼이 남방으로 피신하라 하신 것은 필경 장사로 두부인을 찾아가서 의탁하라는 뜻이니 어찌 빨리 떠나지 않으랴."

하고 떠날 준비를 하였으나 배를 얻지 못하여 초조하게 배편을 기다리게 되었다. 이때 노복이 안으로 달려들어 오면서 서울 두부인으로부터 교자가 와서 사부인을 맞아 가려고 하니 어찌하랴고 물었다.

"내 어젯밤에 찬바람에 촉상하여 일어나지 못하니 몸이 나으면 수일 후에 갈 테니 교자를 가지고 온 하인들을 보내라."

라고 노복에게 전갈시켰다. 그래서 냉진이 유괴하려고 보낸 인부들은 어리둥절하였으나 하는 수 없이 돌아갔다. 냉진은 그 경과를 동청에게 보고하고 앞으로 취할 방법을 의논하였다.

"사씨는 본래 시혜가 있는 여자라 두부인의 초청을 의심하고 칭병으로 거절하였을 것이리라. 이러다가 만일 두부인의 편지를 위조하여 유괴하려던 계략이 탄로 나면 화를 면하지 못할 것이다."

동청도 당황해서 실패를 자인하였다. 그러나 냉진
은 아직도 실망하지 않고 강경한 방법을 취하고자
하였다.

"기왕 내친걸음이니 힘으로 해치웁시다."

"무슨 방법이냐?"

"힘센 사람 십여 명과 교꾼을 데리고 산소 근처에
가서 잠복하였다가 밤이 되거든 사씨를 납치해 오는
것이 좋을까 하오."

"그 방법으로 빨리 실행하라.
그 여자가 우리 눈치를 알
고 도망칠지도 모르니까
빨리 납치해다 네 계집으
로 삼아라."

냉진은 동청의 동의를 얻
자 곧 강도 수십 명을 인솔하고
사씨를 납치하려고 달려갔다.

이때 사씨는 남방으로 가는 선편을 얻지 못하고
초조하게 기다리다가 마침내 남경으로 가는 장삿배
를 발견하고 노복과 함께 달려가서 태워 주기를 간

청하였다. 천만다행으로 그 장사꾼이 일찍이 두부인 댁에서 사씨 부인을 본 일이 있었으므로 사씨 부인의 곤경을 동정하고 잘 태워다 줄 것을 약속하였다.

사씨 부인은 시부님 묘전으로 가서 하직 배례를 하고 유모와 시비와 노복 세 사람을 데리고 배에 올라 일로 남방으로 향하여 먼 길을 떠났다.

사씨가 배를 타고 떠난 직후에 냉진이 강도 수십 명을 데리고 유씨 산소 밑에 있는 사씨의 집을 밤중에 습격하였으나 텅 빈 집에 주종의 인적은 묘연히 사라지고 없었다. 냉진은 놀라서 어이가 없는 듯이,

"사씨는 과연 꾀가 많은 여자다. 우리의 계교를 벌써 알아채고 달아났구나."

하고 도리어 탄복하고 돌아와서 또 실패한 경과를 동청에게 보고하였다. 동청과 교씨는 사씨를 잡지 못하고 놓친 것을 분하게 여겼다.

이때 사씨 부인은 배를 타고 남방으로 향하여 갈 제 만경창파에 바람이 일어 파도가 하늘에 닿을 듯이 거칠어서 배를 나뭇잎처럼 희롱하였다. 이렇게 위험해진 풍랑 속을 가던 장삿배들은 새벽달 찬바람에 한사코 닻 감는 소리는 물 깊이를 짐작시켰고,

양자강 양안의 산협에서는 원숭이 떼가 우는 슬픈 소리가 조난한 선객들의 마음을 더욱 산란케 하였다.

이런 조난선 가운데서 사씨는 자기의 불행만 계속되는 신세를 한탄하여 마지않았다. 규중 열녀의 몸으로 더러운 죄명을 쓰고 시집을 쫓겨난 사람이 되었다가 박해를 피하여 장사로 도망치다가 이제 만경창파의 일엽편주에 운명을 맡겼으니 오장이 뒤집히고 가슴이 무너지는 듯하였다. 사씨는 마침내 통곡하고 하늘에 호소하였다.

"하늘이 어찌 이런 인생을 내시고 명도의 기구함을 이처럼 점지하셨습니까?"

유모도 따라서 슬프게 울다가 먼저 울음을 그치고,

"하늘이 높으나 살피심이 밝으니 부인의 앞길도 멀지 않아서 트일 것입니다."

"내 팔자가 기박하여 너희들까지 고생을 시키니 마음이 아프다. 나는 내 죄로 당하는 고생이지만 유모와 차환은 무슨 죄랴. 이것은 나 같은 주인을 잘못 만난 탓이니 내가 어찌 민망하지 않으랴. 규중 여자의 몸으로 이 풍랑이 심한 물 위에 일엽편주로 표류하니 장차 어찌될 신세랴!

두부인이 이런 사정을 알고 기다리시는 바도 아닌데 시집을 쫓겨난 사람이 구차하게 살아서 구원을 바라고 장사로 가니 이 신세가 어찌 가련하지 않으랴. 차라리 이 물 속에 몸을 던져서 굴삼려의 충혼을 따를까 한다."

이처럼 주종이 서로 울고 서로 위로하면서 표류하던 배가 어느 곳에 이르렀을 때 풍랑이 더욱 심해지고 사씨의 토사병이 급해져서 정신을 차리지 못하게 되자 배를 뭍에 대고 어떤 집에 들러서 병을 치료하게 되었다. 다행히 그 집의 여자가 매우 양순하여 사씨 일행을 극진히 대접하였으므로 사씨가 감격하고 그 여자의 나이를 물었더니 이십 세라는 처녀의 대답이었다.

사씨 부인은 그 여자의 용모가 곱고 마음의 의기가 장함을 사랑하는 동시에 병으로 고생하는 과객에 대한 지성을 고마워하면서 친형제같이 수일 동안을 지냈다.

그 집 처녀의 덕택으로 병이 나아서 이별할 적에는 주객의 정의로 헤어짐을 여간 슬퍼하지 않았다. 사씨는 주인 여자에게 사례하려고 손에 끼었던 가락지를 주면서 치하하였다.

"이것이 비록 미미하지만 그대 손에 끼고서 나의 마음으로 보내는 정을 잊지 말아요."

"이 패물은 부인이 먼 길을 가시는데 노비가 떨어졌을 때도 긴요하실 터인데 제가 어찌 받겠습니까?"

"여기서는 이미 장사가 멀지 않고 그곳에 가면 비용도 별로 들 것 같지 않으니 사양하지 말고 받아 두오."

사씨가 굳이 주었으므로 그 여자는 감사하게 받고 이별을 안타까워하였다. 사씨 부인도 그 여자와 이별하기를 슬퍼하면서 그 집을 떠났다.

수일 후에는 노복이 노독과 풍토병에 걸려 마침내 객사하고 말았다. 사씨 부인은 충성스럽던 노복의 죽음을 슬퍼하고 배를 머물게 한 뒤에 그의 시체를 남향 언덕에 정성껏 안장하고 떠났다.

　그러나 거기서 얼마 가는 동안에 또다시 폭풍이 일어서 파도가 집동같이 솟아 배를 덮어 버리려고 몰려들었으므로 배는 위험을 피해 동정호의 위수를 따라서 악양루에 이르렀다.

　이곳은 옛날 열국시대의 초나라 지경이었다. 우나라의 순임금이 순행하시다가 창호 땅에서 붕어하시자 아황과 여영의 두 왕후가 순임금을 찾지 못하고 소상강에서 슬피 울었을 때 그 피로 화한 눈물을 대숲에 뿌린 것이 대나무에 점점의 얼룩이 졌다는데 그것이 유명한 소상반죽(瀟湘班竹)이 되었다는 전설을 남겼던 것이다.

　그 후에 나라의 신하 굴원이 충성을 다하여 왕을 섬기다가 간신의 참소를 받고 강남으로 축출되자 이곳에 와서 수간모옥을 짓고 지내다가 강물에 몸을 던져 버렸으며, 또 한나라의 가의(賈誼)는 낙양재사(洛陽才士)였으나 낭의 권신에게 쫓겨 장사에 와서 제문을 강물에 던져 여기서 억울하게 빠져 죽은 굴원의 충혼을 조문한 고적으로서 옛날부터 이곳을 지나는 사람들의 심회를 비창하게 감동시켰다.

그러므로 그 슬픈 전설에 흐린 구름이 구의산에 끼고 소상강에 밤이 오며 동정호에 달이 밝고 황릉묘에 두견새가 울 때는 비록 슬프지 않은 사람일지라도 저절로 눈물이 흐르고 탄식하게 되었으므로 천고의 의기가 서린 영지였다.

슬프도다, 사씨는 대갓집 주부로서 무거운 짐을 지고 정성을 다하여 장부를 섬기다가 음부 교씨의 참소를 입고 일조에 몸이 표령하여 이곳에 이르러서 옛날의 충의 인사들의 영혼을 조상하며 자신의 신세를 생각하니 어찌 슬프고 원통하지 않으랴.

악양루 밑에서 배를 내린 사씨 부인은 밤이 새도록 강가에 머문 배에서 기다리다가 날이 밝은 후에야 비로소 인가를 발견하여 유모와 시비를 거느리고 배에서 내렸다. 뱃사람들은 갈 길이 바쁘기 때문에 사씨에게 몸조심하라는 당부와 슬픈 인사를 하고 떠나갔다.

이처럼 사씨는 천신만고 뱃길을 얻어서 장사에 거의 다 왔다가 풍랑에 밀려 이곳에 와서 배에서도 내렸으므로 앞길이 다시 막혔으니 창자가 촌절할 듯

아무리 생각해도 죽을 수밖에 없게 되었다고 탄식하였다. 유모가 울면서 호소하였다.

"사고무친한 이 땅에 와서 또다시 앞길이 막혔으니 부인은 장차 귀하신 몸을 어떻게 보전하려 하십니까?"

"인생이 세상에 나면 수요장단(壽夭長短)과 화복길흉이 천정(天定)한 운수임에 일시의 액운을 굳이 근심할 바 아니지만 이제 내 신세를 생각하니 자취기화(自取其禍)라 할 수밖에 없다. 옛말에도 하늘이 지은 화는 면할 수 있어도 스스로 지은 화에서는 살아나지 못한다 하였는데, 내가 지금 중도에 이르러서 이같이 낭패하니 다시 어디로 가며 누구를 의지하랴."

하면서 자탄하였다. 이때 유모가 도리어 사씨 부인을 위로하여 말하기를,

"옛날의 영웅호걸과 열녀절부들도 이런 곤액을 당하지 않은 사람이 없습니다. 부인에게 지금 일시의 액화가 있으나 그 억울함은 명천(明天)이 조람하시고 신명이 재방하여 청풍이 흑운을 쓸어버리면 일월을 다시 보실 것이니 부인은 너무 낙심 마십시오. 어찌

일시의 액운에 지쳐서 천금 같은
몸을 돌보지 않으시렵니까?"

그러나 사씨 부인은 여전히 힘을
잃고 탄식만 하였다.

"옛날 사람들도 액운을 겪은 이
가 하나 둘이 아니지만 자연 구해
주는 사람이 있어서 몸을 보존하였다. 그러나 지금
내 처지는 그렇지 못하여 연연약질이 위로 하늘을
우러러보지 못하고 아래로 땅에 용납되지 못하니 어
찌하랴. 구차하게 된 인생을 살려고 할 것이 아니라
한번 죽어서 옛날 사람처럼 꽃다운 이름을 나타내자
는 것이 하늘의 뜻이요, 결코 우연한 일이 아닐 것
같다. 강물이 맑고 깊이가 천만길이니 마땅히 나의
한낱 몸과 뼈를 감출 것이다."

하고 강물을 향하여 뛰어들려고 하였다. 유모가
놀라서 사씨의 몸을 부여잡고 울면서 애원하였다.

"저희들이 천신만고하여 부인을 모시고 이곳에 이
르렀으매, 부인이 만일 죽으시려면 저희들도 함께
죽어서 지하에서도 모시기를 원합니다."

"그것은 안 된다. 나는 죄인이니 죽어도 마땅하지

만 너희들은 무슨 죄로 나를 따라 죽는다는 말이냐. 도중에서 노자 다 떨어졌으니 너희들은 인가에 의탁하여 일을 해 주고 몸조심을 하다가 북방 사람을 만나거든 내가 이곳 강물에 빠져 죽었다는 소식을 고향으로 전해라."

하고 신신당부한 뒤에 거기 서 있는 나무의 껍질을 깎고 큰 글씨로 모년 모월 모일 사씨 정옥은 시가에서 쫓긴 몸 되어 이곳에 이르렀다가 진퇴무로 하여 몸을 이 강물에 던졌다고 썼다. 이 유서를 쓴 사씨는 붓을 놓고 통곡하였다. 유모와 시녀가 좌우에서 사씨를 붙잡고 슬피 우니 일월이 빛을 잃고 초목이 시들어서 슬픈 듯하였다.

어느덧 날이 어둡고 달이 떠서 강 위에 달빛이 처량하게 비치니 사면에서 물귀신이 울어대고 황릉 묘에서 두견새가 처량하며 소상강 대밭에서도 귀신 우는 소리가 끊임없이 들려 악기(惡氣)가 사람을 침노하였다.

"밤기운이 몹시 차가우니 저 악양루에 올라서서 밤을 지내고 내일 다시 앞일을 선처하시기 바랍니다."

유모가 부인에게 권하자 부인이 유모의 말에 따라서 악양루로 올라갔다. 조각으로 된 들보가 하늘에 높이 솟아 소상강 물에 임하였는데 오색구름이 구의산에서 피어 와 악양루를 둘러싸고 난간에 달빛이 은은히 비치니, 시인 묵객이 읊어 쓴 글귀의 현판이 벽에 무수히 걸려 있었다.

사씨가 그 광경을 보고 길이 탄식하면서,

"이 악양루는 강호의 유명한 곳이지만 영웅호걸과 절부열녀들이 이렇게 많이 이곳에 인연을 맺었을 줄 알았으랴. 내 비록 표박 중이나 이곳에 온 것이 또한 우연한 일이 아니다."

하고 노주 세 사람이 그날 밤을 누상에서 지냈다. 그러자 이튿날 새벽에 누 밑에서 소란한 사람의 소리가 나며 수십 명이 누상을 향하여 올라왔다. 그들은 서울 사람들로서 이곳에 왔다가 악양루의 해 뜨는 경치를 구경하려고 일찍 올라온 일행이었다.

사씨 부인은 사람들이 갑자기 나타났으므로 유모

를 데리고 뒷문으로 빠져나가 강변 숲으로 와서 말하였다.

"날이 밝았으나 노자가 없고 우리들이 의탁할 곳이 없으니 장차 어디로 가랴. 아무리 생각해도 강물 속으로 몸을 감추는 수밖에 없다."

하고 사씨 부인이 또 강물에 몸을 던지려고 하였다. 유모와 시비가 망극하여 통곡하였다. 사씨는 어제 종일과 종야를 굶주리고 잠을 자지 못하여 지칠 대로 지쳤으므로 잠시 유모의 무릎에 기댄 채 깜박 졸았다. 그때 비몽사몽간에 한 소녀가 와서,

"저의 낭랑께서 부인을 모셔 오라는 분부로 왔습니다."

하고 어디로인지 인도하여 가고자 하였다.

"너의 낭랑이 누구시냐?"

"저와 함께 가시면 아실 것입니다."

사씨 부인이 그 소녀를 따라 어떤 곳에 이르니 고대광실의 전각이 강가에 즐비하게 빛나고 있었다. 소녀가 사씨 부인을 인도하여

그 전각 안으로 들어갔다. 중문을 몇 개나 지나서 들어가자 큰 대궐 위에서 이리로 올라오라는 지시가 내렸다.

사씨가 전상으로 올라가서 보니 좌우에 두 분의 낭랑이 황금 교의에 앉았고 그 좌우에 고귀한 여러 부인들이 모시고 있었다. 사씨 부인이 예를 마치자 낭랑이 자리를 권하고,

"우리는 다른 사람이 아니라 순임금의 두 비다. 옥황상제께서 우리의 정사를 측은히 여기시고 이곳의 신령으로 삼으신 고로 여기서 고금의 절부열녀를 보살피면서 세월을 보내고 있다. 그런데 그대가 한때의 화를 만나고 이곳에 오게 된 것은 모두 하늘이 정한 운명이다. 그대가 아무리 죽으려 해도 아직 죽을 때가 아니므로 허락할 수 없으니 마음을 진정하라."

사씨가 자리에서 일어나서 사례하고 낭랑의 덕을 치히히였디.

"인간계의 미천한 여자로서 항상 책을 통하여 성덕 열절을 우러러 사모할 따름이더니 이제 여기 와서 앙배할 줄 어찌 뜻하였겠나이까?"

"그대를 청한 것은 다름이 아니라 그대가 천금 중신을 헛되게 버려 굴원의 뒤를 따르려 하니 이는 천도가 아니니라. 그대의 호천통곡은 천도가 무심함을 한함이니 이는 평일의 총명이 옹폐함이요, 그대의 액운이 비상한 탓이다. 그러므로 특별히 의논하여 오래 쌓인 회포를 듣고 위로해 주고자 한 것이다."

"낭랑의 분부가 이러하오니 미첩이 품은 소회를 아뢰겠나이다. 저는 본디 한미한 사람입니다. 일찍 엄부를 잃고 자모 슬하에 자랐으니 배운 바가 없어 행실이 불미하던 중에 시부가 별세한 뒤에 크게 변하여 남산의 대[竹]를 베고 동해의 물을 기울여도 그 죄를 씻지 못할 누명을 쓰고 낯을 가리고 시가의 문을 하직하고 나왔습니다.

그 후에 눈물을 뿌려 시부의 묘하에 하직하고 강호를 유랑하다가 몸이 소상강에 이르러 진퇴무로하여 앙천 장탄하였으나 하는 수 없어서 천장수심(千丈水深)에 임하니 한 터럭 같은 일신을 어복(魚腹)에 장사지낼 결심을 하였습니다. 이와 같이 아녀자의 마음이 망령되어 잘못을 깨닫지 못하고 호천통곡하여 낭랑께서 들으시게 되어 심려를 끼쳤사오니 죽어도 아깝지 않습니다."

"모든 일이 천정한 바로서 인력이 아닌데 그대가 어찌 굴원의 뒤를 따르며 하늘을 원망하겠느냐? 하늘이 이미 나라를 멸망시키고 원한을 시원케 하시니 임금이 죄를 다스리고 충신의 이름이 나타나 천백 세에 유전된 것이다. 그 옛일을 비겨서 보면 처음에는 곤액하나 장래에는 복록이 무량함이니 어찌 그때를 기다리지 않고 자결하겠느냐?

우리 형제(아황과 여영)는 규중 약녀로서 배운 바 없으되 시가를 조심하여 섬김을 옥황상제가 가엾게 여기시고 기특히 여기셔서 이 땅의 신령으로 봉하여 그윽한 음혼을 다스리게 하였으며 이 좌상의 여러 부인은 모두 현부 열녀이므로 이따금 풍운의 힘을 빌려 이곳에 모여 서로 위로하니 세상의 영욕이 어찌 문제가 되랴.

유가는 본디 적선지문(積善之門)인데 오직 유한림이 조달하여 천하사를 통하나 골격이 너무 징청한고로 하늘이 재앙을 내리사 크게 경계코자 잠깐 이리하다가 좋은 때가 오면 다시 재앙을 없이 하실 것이다. 그런데 그대는 어찌 그것을 모르고 조급히 구느냐.

그대를 참소하는 자는 아직 득의하여 방자 교만하지만 그것은 마치 똥벌레가 제 몸 더러운 줄 모르는 것과 같으니 어찌 더러운 것과 곡직을 다투겠느냐? 하늘이 장차 대벌을 내리셔서 보응이 명백해질 것이다."

"어리석은 저를 이처럼 위로하시고 격려하여 주시니 감사하옵니다."

"그대 온 지 벌써 오래 되었으니 내 말을 알았거든 빨리 돌아가라."

"제 허물을 낭랑께서 더럽다 하시지 않으시고 목숨을 구해 주시려 하오나 돌아가도 의탁할 곳이 없으며 속절없이 강물에 몸을 감추겠사오니 낭랑께서는 저의 정상을 살피고 이 말재(末才)를 시녀로 삼아서 이곳에 참례케 하여 주십시오."

하고 사씨 부인이 다시 애원하였다. 낭랑이 그 말을 듣고 웃으며,

"그대도 나중에는 이곳에 머무르게 되려니와 아직

때가 마땅치 않으니 빨리 돌아가 라. 남해 도인이 그대와 인연이 있으니 그에게 잠깐 의탁함이 또한 천의(天意)로다."

"제가 전에 들은 바에 의하면 남해 는 하늘 끝이라 길이 요원하다는데 이제 노자 한 푼 도 없이 어떻게 거기까지 가겠습니까?"

"연분이 있어서 자연 가게 될 것이니 그런 염려는 말고 어서 돌아가라."

하고 동벽 좌상에 용모가 미려하고 눈이 별같이 빛나는 자를 가리키면서 위국부인이라 하고 또 한 사람을 가리켜 반첩녀(潘妾女)라 하고 동한 때의 교 대가와 양처사의 처 맹광이라고 일러주었다. 그리고 그대가 이미 여기 왔으니 옛사람의 이름을 서로 소 개하는 것이라고 웃어 보였다.

"오늘 여기 와서 여러 부인의 면목을 뵈오니 뜻하 지 않았던 영광이옵니다."

하고 두루 예하자 여러 부인들도 미소로 답례하였 다. 사씨 부인이 하직하고 물러서려 하자 낭랑이,

"매사를 힘써 하면 오십 후에 이곳에 자연 모이게

될 것이니 그때까지 세상에서 몸을 조심하라."

하고 청의동녀를 명하여 사씨를 모시고 가라 하므로 사씨가 전상에서 계하로 내리니 전상에서 열두 주렴 내리는 소리가 주르르 하고 맑게 울렸다.

그 소리에 놀라서 정신을 깨우치니 유모와 시녀가 사씨 부인이 오래 기절한 것을 망극히 여기다가 사씨의 소생을 반기며 구원하였다. 사씨가 몸을 움직여서 일어나 얼마나 잤느냐고 물으니 기절한 뒤 서너 시나 되었다 하면서 소생한 것을 신기하게 여겼다.

"부인께서 기절하셔서 저희들이 당황하여 백방으로 구완하다가 이제야 정신을 차리셨습니다."

하고 그동안의 경위를 고하자 사씨도 비몽사몽간에 낭랑을 만나 보고 온 이야기를 자세하게 하고,

"아무래도 보통 꿈과는 다르니 내가 그곳으로 가던 길을 찾아가 보자."

하고 소상강 가의 대밭으로 들어가니 과연 한 묘당이 있고 현판에 황릉 묘라고 쓰여 있었다. 이것은

아황, 여영 두 비의 사당으로서 사부인이 꿈에 본
장소와 같으나 건물의 단청이 퇴색하고 황량하기 말
이 아니었다. 사당 안으로 들어가서 전상을 바라보
니 두 비의 화상이 꿈에 보던 용모와 조금도 다름이
없었다. 사씨가 분향하고 축원하는 말이,

"제가 낭랑의 가르치심을 입사와 타일의 길할 때
를 기다리겠사오니 낭랑의 성덕을 믿고 잊지 않겠습
니다."

축원을 마치고 사당을 물러나서 서편 언덕에 앉아
신세를 생각하며 여전히 슬픈 회포를 탄식하였다.
그리고 묘지기 집에 가서 밥을 얻어 오게 해서 세
사람이 모두 먹었다.

"우리 셋이 방황하여 의지할 곳이 없으나 이것은
신령께서 야속하게 희롱하심이다. 낭랑의 말씀대로
참는 데까지는 참아 보자."

하고 탄식하는 동안에 해가 서산에 지고 달빛이
떠서 주위를 몽롱하게 비쳤나. 묘시 안에 들어가 사
방을 살펴보니 밤은 깊어만 가고 짐승 소리가 여기
저기서 들려왔다. 사씨가 곰곰이 생각하되,

"사람이 세상에 나면 부귀빈천이 팔자소정이나 여

자로서 억울한 누명을 쓰고 갖은 고초를 겪으며 이 곳에 와서 의탁할 곳이 없으니 아무리 아황, 여영 영혼의 위로하는 말씀이 있었으나 역시 죽어서 만사를 잊어버리는 것이 상책이다."

하고 또다시 죽을 생각을 하였다. 이때 홀연히 황릉 묘의 묘문이 열리고 두 사람이 들어와서 물었다.

"부인이 또한 고초를 당하여 물에 빠지려고 하십니까?"

사씨 부인이 놀라서 바라보니 하나는 여승이요, 하나는 여동(女童)이었다.

"그대들은 어떻게 우리 일을 아는가?"

여승이 황망히 읍하고 합장하면서,

"소승은 동정호 군산사에 있는데 아까 비몽사몽간에 관음보살님이 나타나셔서 '어진 사람이 환란을 만나 갈 바를 모르고 강물에 빠지려 하니 빨리 황릉묘로 가서 구하라' 하시므로 급히 배를 저어 왔는데 과연 부인을 만났으니 부처님 영험이 신기합니다."

"우리는 죽게 된 사람이라 존사의 구함을 받으니 실로 감격하나 존사의 암자가 멀고 가더라도 폐가 될까 합니다."

"출가한 사람은 본디 자비를 일
삼는 처지이며 하물며 부처님의 지
시로 모시려고 왔는데 그게 무슨
말씀이옵니까?"

하고 세 사람을 밖으로 인도하여
강가로 내려와서 배를 태우고 여동에
게 노를 저어 가게 하자 순풍을 만나 순식
간에 군산사에 이르렀다. 이 섬의 산은 동정호 가운
데 솟아 있으므로 사면이 다 물이요, 산은 푸른 대
숲으로 덮여서 인적이 없는 한적한 곳이었다.

여승이 배에서 내려서 사씨를 부축이고 길을 찾아
갔으나 사씨의 기운이 파하였고 산길이 험해서 열
걸음에 한 번씩 쉬면서 암자에 이르렀다. 수월암(水
月庵)이라는 이 절은 매우 한적하고 정결하여 인세
(人世)를 떠난 선경이었다.

사씨는 몸이 피곤해서 곧 잠이 들어 이튿날 아침
까지 깨지 못하였다. 여승이 먼저 일어나 불낭을 소
제하고 향을 피우고 경자를 치면서 부인을 깨워 예
불하라고 권하였다.

사씨가 유모들과 함께 불당에 올라 분향배례하고

눈을 들어 부처를 쳐다본 순간 문득 놀라며 눈물을
흘렸다.

알고 보니 그 부처는 다른 불체가 아니라 사씨가
십육 년 전에 자기가 찬을 지어 쓴 백의관음의 화상
이었다. 그 화상에 쓴 찬의 자기 글씨를 보니 자연
놀라움과 슬픈 회포를 금할 수 없었던 것이다.

그 모양을 본 여승이 또한 깜짝 놀라서,

"부인의 말씀이 그러실진대 분명히 신성현 땅의
사급사 댁 소저가 아니십니까?"

"그렇습니다. 스님이 어찌 내 신분을 아십니까?"

"부인의 용모와 음성이 본 듯해서 이상하게 생각
하였습니다. 소승 역시 그때 저 관음화상의 찬을 당
시의 소저에게 받아 간 우화암의 묘혜입니다. 소승
이 유대감 댁의 명을 받고 부인에게 관음찬을 받아
다 보인즉 크게 칭찬하시고 아드님 유한림과 혼인을
정하셨던 것입니다. 소승도 부인의 혼사를 보려고
하였으나 스승이 급히 부르셔서 산으로 돌아왔으므
로 참례를 못하였습니다.

그 후에 소승은 스승 밑에서 십 년을 수도하였으
나 스승이 입적하신 후에 이곳에 와서 암자를 짓고

고요히 공부하면서 불상을 예배하고, 부인이 쓴 글과 필적을 볼 적마다 부인의 옥설 같은 용모를 생각해 왔습니다. 그런데 부인이 어찌하여 이런 고생을 하게 되었습니까?"

사씨 부인이 유한림의 부인이 된 이후의 전후 사실을 자세히 들려주자 묘혜가 탄식하면서 사씨를 위로하였다.

"세상 일이 항상 이러한 법이니 부인은 너무 슬퍼하지 마십시오."

부인이 감개무량해서 다시 관음불상을 우러러보니 외로운 섬 가운데 있는 한적한 절간에서 생기유동하여 완연히 살아 있는 듯하며 사씨가 소녀 시절에 지은 찬사가 또한 자기유락함을 그린 그 경지와 흡사하였다.

"세상만사가 모두 하늘이 정한 운수이니 인력으로 어찌하랴. 그러나 관음보살을 매일 분향하여 공양 기도하면서 떼어놓고 온 어진 인아를 다시 만나야겠다."

하고 축원하며, 남자로 변복하였던 것을 여자 옷으로 갈아입었다. 묘혜가 조용한 때 사씨 부인을 보고,

"부인이 이제 여기 와 계시나 왜 복색을 갈아입으십니까?"

"내가 자비로운 부처님과 스님의 보호를 받고 신변이 안전한데 어찌 어색한 변복으로 지내겠습니까."

"그렇게 마음이 안정되신 것을 소승은 고맙게 여깁니다. 그런데 유한림은 현명한 군자이시니 한때 참언에 속더라도 멀지 않아 일월같이 깨닫고 부인을 화거주륜으로 맞아 갈 것입니다. 소승이 일찍이 스승에게 수도하여 주(籌)도 약간 알고 있으니 부인의 사주를 보아 드리겠습니다."

부인이 자기의 생년월일시를 말하자 묘혜는 한동안 침음하며 점을 친 뒤에 크게 기뻐하고 풀이를 하였다.

"부인의 팔자는 앞으로 대길합니다. 초년은 잠깐 재앙이 있으나 나중에는 부부와 모자가 다시 화락하여 복이 무궁하실 것입니다."

"아아, 그 말씀을 믿고는 싶으나 어찌 믿고 안심하겠습니까? 이 박명한 인생이 스님의 과장하신 복을 어찌 받을 수 있겠습니까?"

하고 한담하는 동안에 도중에서 배가 풍랑을 만나고 병도 나서 어떤 인가에 들러 휴양한 이야기와 그때 어진 주인 여자의 은덕을 입은 일을 칭찬하였다. 그러자 묘혜가 그 말을 듣고,

"그 여자가 소승의 질녀였습니다."

하고 뜻밖의 말을 하였으므로 사씨가 의아해서 물었다.

"스님의 질녀라뇨?"

"이름이 취영이라 하지 않던가요? 제 어미가 그 애를 강보에 두고 죽고 제 아비가 변씨를 후처로 취했는데 그 후 아비가 또 죽으니 계모 변씨가 취영이를 소승에게 맡겨서 삭발시키라 하지 않겠어요? 그래서 내가 그 애의 관상을 보니 귀자(貴子)를 많이 두고 복록을 누릴 상이라 변씨에게 데리고 살도록 권하였는데 요사이 들으니 효성이 지극하여 모녀가 잘 산다더니 부인이 이번 도중에서 우연히 만나 보셨습니다그려."

"역시 스님의 인연으로 그 질녀의 덕을 보았던 모양입니다. 세상에서 얻기 어려운 것은 사람의 마음이라, 나도 사람의 마음을 얻지 못하여 몸에 누명을 쓰고 쫓기는 사람이 되어서 이런 신세가 되었으니 어찌 슬프지 않겠습니까?"

"모두 하늘이 정하신 운수입니다. 부인과 소승이 잠시 인연이 있었으나 어찌 이런 곳에 계시겠습니까?"

사씨 부인이 묘혜의 말을 듣고 슬퍼하며 민망스러운 말로,

"내가 이곳으로 온 것을 후회하겠습니까마는 집을 떠나 있으니 집에 남은 인아의 신세가 외로운 것이며 그 생사조차 모르고, 또 근자에는 한림의 심정이 변한데다가 집안의 요인(妖人)이 있어서 나를 해치고지 히다기 뜻을 이루지 못하였으므로 한림의 신상에 화가 미칠까 염려하던 중, 내가 시부님 묘하에 있을 때 시부님 영혼이 현몽하셔서 일러주신 말씀이 6년 4월 십오일에 배를 백빈주에 대었다가 급한 사람을

구하라고 신신당부하셨는데 어떤 사람이 그때 급화를 만날는지 모르겠습니다."

"유한림은 오복이 구전지상(具全之相)이요, 유문은 적덕지가이니 어찌 요화가 오래 침노하겠습니까? 그리고 백빈주의 급한 사람을 구하라 하신 말씀을 때를 어기지 말고 구하십시오. 유상공은 본디 고명하신 분이었으니 영혼인들 어찌 범연하시겠습니까?"

사씨 부인도 묘혜의 말이 옳다고 생각하여 그 수월암에 머물러 세월을 보냈으나 그냥 한가롭게 놀지 않고 바느질과 길쌈을 부지런히 하여 절의 신세에 보답하였으므로 묘혜도 기뻐하고 부인을 극진히 공경하였다.

이때 교씨가 본실의 지위로 정당에 거처하면서 가사를 총괄하니 간악이 날로 더하여 비복들도 교씨의 혹독한 형벌을 견디지 못하고 사씨의 인자한 대우를 그리워하며 슬퍼하였다.

교씨는 아래로는 비복을 학대하고 위로는 간악한 십랑과 공모하여 한림의 총명을 흐리게 하는 요물들을 집안에 끌어들여 집안을 혼탁하게 만들고 있었다.

교씨는 유한림이 조정에 입번할 때 그 틈을 타서 동청을 백자당으로 청하여 음란한 추행으로 밤을 새웠다. 교씨가 그날 밤에도 동청을 데리고 백자당에서 자고 날이 밝으니 동청은 외당으로 나가고 교녀는 수색으로 피곤하여 늦도록 일어나지 못하고 있었다.

　마침 유한림이 출번으로 집에 돌아와 정당에 이르자 교씨가 보이지 않았다. 시비에게 물으니 백자당에 있다는 대답이었다. 유한림이 곧 백자당으로 가서 아직도 전날 밤의 난잡한 몸매로 자고 있는 것을 보자 힐문하였다.

　"왜 여기서 자는 거요?"

　"요즘 정당에서 자면 꿈자리가 뒤숭숭하고 기운이 좋지 않아서 어젯밤에 여기서 잤습니다."

　"그대 역시 그 방에서 자면 몽사가 흉하던가. 나도 잠만 들면 꿈자리가 번잡하여 정신이 혼침하고 입번으로 나가서 자면 편안하여 이상하더니, 그대 역시 그렇다니 복술 잘하는 사람을 불러다가 물어보는 것이 어떨까?"

　교씨는 백자당에 숨어서 동청과 간통한 사실을 유한림이 알아챌까 겁내던 차에 유한림이 그런 말을

하므로 안심할 뿐 아니라 굿이라도 하라는 유한림의
뜻이라 좋은 기회라고 기뻐하였다.

이때 황제가 서원에서 기도를 일삼으며 미신에 빠
져 있으므로 가의 태우 서세가 상소하여 간하고 간
신 엄승상을 논핵하자 황제가 대로하여 서세를 삭직
하고 멀리 귀양 보냈다. 이에 대하여 유한림이 서세
의 충성을 변호하고 그를 구하려고 상소하였으나 황
제가 역시 질책하시고 신하에게 조서를 내려서,

"이후로 짐의 기도를 막는 자가
있으면 참하라."

고 엄명을 내렸다. 이때 도관에
도진인(都眞人)이라는 사람이 있는
데 유한림과 친한 사이였다. 하루
는 도진인이 문병 차 유한림을 방문했다. 유한림이
사람을 다 보낸 뒤에 진인만 머무르게 하여 내실로
데리고 가서 이 방에서 자면 흉몽을 꾸게 되니 무슨
악귀의 장난이냐고 물었다.

진인이 방 안의 기운을 살피더니,

"비록 대단치 않으나 역시 기운이 좋지 않소이다."

하고 하인을 시켜서 벽을 뜯고 방예물의 목인(木

人) 여러 개를 꺼내 유한림에게 보였다. 유한림이 대경실색하자 진인이 껄껄 웃고,

"이것은 굳이 사람을 해하려 함이 아니요, 오직 시첩이 유한림의 중총(重寵)을 얻으려는 마음으로 한 소행입니다. 옛날부터 이런 방예로 사람의 정신을 미란케 하는 계교니 이것만 없애 버리면 다른 염려는 없습니다."

하고 그 목인들을 곧 불살라 버리라고 권하였다.

"유한림의 미간에 흑기가 가득 차 있고 집안의 기운이 또한 좋지 않습니다. 이때는 주인이 집을 떠나라고 술법에 나와 있으니 조심하여 제액(除厄)하십시오."

"삼가 명심하리다."

유한림이 괴이하게 여기고 진인에게 후사하여 보냈다. 유한림은 진인의 신기한 도술에 경탄한 뒤에 문득 깨닫는 바가 있었다. 지금까지는 집안에 이런 일이 있으면 시씨를 의심하게 되어 있있는네 지금은 사씨도 없고 방을 고친 지도 얼마 되지 않았는데 이런 요물이 나왔으니 반드시 집안에 악사(惡事)를 꾸미는 자가 있다고 생각하였다. 그러고 보니 사씨가

억울한 누명을 쓰고 쫓겨난 것이 아닐까 하고 의심하게 되었다.

원래 이 일은 교씨가 십랑과 공모한 계교였는데 교녀가 동청과 백화당에서 동침한 사실을 숨기려고 창졸간에 꾸며댄 핑계로, 그 내실에서 자면 꿈자리가 나쁘다고 한 것이 도진인의 도술로 발각되고 말았던 것이다.

유한림이 비록 교씨의 짓인 줄 깨닫지 못하고 오랫동안 정신이 흐려졌으나 지금 비로소 전일의 총명이 다시 소생한 셈이었다. 유한림은 머리를 숙이고 과거 4, 5년 동안 지낸 일을 곰곰이 반성하고 비로소 악몽을 깬 듯이 스스로 부끄러웠다.

이때 마침 장사로부터 고모 두부인의 편지가 왔다. 그런데 두부인은 아직도 사씨를 집에서 쫓아 내보낸 사실도 모르고 사씨의 일을 신신당부한 사연이 더욱 간절하게 유한림의 반성을 촉구하였다.

'고모께서 사씨를 축출한 지 여러 해가 되었는데 아직도 모르는 것이 의아스럽다. 그리고 사씨가 결코 방탕하지 않으므로 옥지환 사건도 어떤 자의 농간이 아닌가.'

하고 새삼스럽게 의심하게 되었다.

눈치가 빠른 교씨는 유한림의 기색이 전과 달라진 것을 보고 그 기위가 늠름해진 유한림에게 감히 요괴로운 수단을 피우지 못하게 되었다. 그리고 지금까지 사씨를 음해한 계교가 탄로되지나 않을까 두려워 동청에게 상의하였다.

"요즘 유한림의 기색을 보니 그전과는 아주 딴 사람이 되었어요. 우리 양인의 관계를 눈치 챈 듯하니 어쩌면 좋겠어요?"

"우리 관계를 집안의 비복들이 모를 리 없되 지금까지 유한림의 귀에까지 들어가지 않은 것은 부인을 두려워했기 때문인데 지금 갑자기 기운을 잃고 약해지면 참소하는 자가 많을 테니 그렇게 되면 죽어도 묻힐 땅이 없을 것입니다."

"사세가 이렇게 되었으니 어찌하면 좋아요. 나는 여자라 좋은 궁리가 나오지 않으니 당신이 좋은 방법을 생각해서 우리 두 사람의 화를 면하게 해 주어요."

교씨가 간부 동청에게 매달려 애원하였다.

"한 가지 방법이 있습니다. 옛말에 남이 나를 해치기 전에 내가 먼저 그를 해치라 하였으니 좋은 기회를 노려 한림의 음식에 독약을 섞어서 먹여 죽이고 우리 둘이 백년해로합시다."

간악한 교씨도 이 끔찍한 계획에는 한참 동안 침울하게 생각하였으나 결국 유한림을 죽이지 않으면 제가 잡혀 죽으리라는 두려움에서,

"결국 그럴 수밖에 없군요. 그러나 사전에 누설되면 큰일이니 둘이만 극비로 일을 진행시킵시다."

교씨와 동청이 이런 끔찍스러운 음모를 하는 줄도 모르고 유한림은 마음이 울적해서 친구를 찾아다니며 한담이나 하면서 기분을 풀려고 하였다.

하루는 교씨와 동청이 유한림이 없는 틈을 타 깊은 밤에 숨어서 은근히 정을 나누고 역시 유한림 해칠 계획을 상의하다가, 동청이 우연히 책상 서랍에서 유한림이 쓴 글을 얻어 보게 되었다. 동청이 그 글을 읽어 보다가 희색이 만면해지더니,

"하늘이 우리 두 사람을 백년가우가 되게 해 주실

테니 부인은 아무 걱정 말아요."

교씨가 의아하여 동청의 손을 잡아 흔들면서,

"그게 정말이오? 무슨 좋은 징조가 있나요?"

"요전에 황제께서 조서를 내려 짐의 기도 행사를 금하려고 간하는 자는 참하라, 하고 계신데 지금 다행히 한림이 쓴 이 글을 보니 엄승상을 간악소인에 비하며 비방하고 있습니다. 증거가 되는 이 글을 엄승상에게 보이면 황제께 알려서 엄형에 처할 것이 아닙니까? 그러면 우리 양인은 마음 놓고 백 년을 즐겁게 살 수 있지 않습니까?"

"아이, 좋아라!"

교녀가 반색을 하고 제 볼을 동청의 볼에 대고 문지르면서 음란한 교태를 부리며 시시덕거렸다.

"이번 계획은 공명정대한 나라의 위엄으로 처치하게 되었어요. 요전에 독살하려던 계획은 위험해서 걱정이더니 참 잘됐어요. 역시 당신 말처럼 하늘이 우리 사랑을 도와주신 서시요."

하고 음란한 행색이 더욱 해괴하였다. 동청은 교씨와 껴안고 뒹굴던 몸을 털고 일어서서 소매 속에 유한림의 글을 넣고 곧 엄승상 댁으로 가서 엄승상을 만났다.

"그대는 누군데 왜 왔는가?"

"저는 한림학사 유연수의 문객입니다마는 그 사람이 승상님과 나라에 반역죄인인 것을 알았기 때문에 참지 못하여 그 비행을 알려드리려고 왔습니다."

엄승상은 평소에 못마땅하게 여기던 유한림의 약점을 알리러 왔다는 말에 귀가 번쩍 뜨였다.

"그래, 그가 나를 어떻게 모해하던가?"

"그 사람의 의논을 들으면 항상 승상을 해치려고 하더니 어제는 술에 취해서 저에게 하는 말이, 엄승상은 군부(君父)를 그르치는 놈이라고 욕하면서 모든 일을 송휘종(宋徽宗) 시절에 비하고, 황제께서 엄명을 내려 간하는 상소는 못할지라도 글을 지어 내 뜻을 풀리라 하며 이 글을 쓰기에 글 뜻을 제가 물으니, 승상을 옛날의 유명한 간신들에게 비유하였으며 짐짓 묘한 풍요(風謠)의 글이라고 자랑하였습니다. 그래서 제가 속으로 분격하고 이 글을 훔쳐서 승상께 드립니다."

하고 동청은 그럴듯한 거짓말을 붙여서 참소하였다. 엄승상이 그 글 쓴 종이를 받아 본즉 과연 천서와 옥배의 간악을 풍자해서 지은 글이 분명하였다. 엄승상이 잘되었다는 듯이 냉소하며,

"흠, 유연수 부자만이 내게 항복하지 않고 음으로 양으로 나를 거역하더니, 망령된 아이가 나라를 희롱하고 나를 원망하니 인제 죽고 싶은 모양이로구나."

하고 그 글을 가지고 곧 궁중으로 들어가서 황제를 찾아 만나서,

"근래에 나라의 기강이 풀어져 젊은 학자가 국법을 두려워하지 않으니 심히 한심하옵니다. 이제 성상께서 법을 세워 계시매 감히 상소치 못하고 불출한 한림 유연수가 왕 음약의 천서와 진원평의 옥배로 신을 욕하니, 신이야 무슨 욕을 먹어도 참을 수 있사오나 무엄하게도 성주를 기롱하오니 마땅히 국법을 밝혀서 기강을 바로 세워야 할까 하옵니다."

하여 국궁 배례하고 유한림 필석의 글을 증거품으로 어전에 바쳤다. 황제가 그 글을 받아서 보시고 대로하여 유연수를 잡아 옥에 가두고 장차 극형에 처하려고 하였다.

이 소문에 놀란 태우 서세가 상소하였다. 그전에 자기가 엄승상에게 억울하게 몰려 귀양갈 때 유한림이 그를 구명하려고 상소하였다가 엄승상의 미움을 받던 결과라고 생각한 서세가 이번에 죽음을 각오하고 유한림을 구하려는 정의감에서 올린 상서였다.

'성상께서 충신을 죽이려 하시는 그 죄상이 무엇인지 알지 못하오나 청컨대 그 글을 내리셔서 만조백관에게 알리게 하옵소서.'

황제가 서세의 상소문을 보시고,

"유연수가 천서와 옥배로써 짐을 기롱하니 어찌 사죄를 면하리오?"

이에 대하여 서세가 다시 아뢰되,

"이 글을 보오니 천서 옥배로 비유하여 성상을 기롱함이 분명치 않으며 한무제의 송인종(宋仁宗)은 태평지주라 유연수가 죄를 입더라도 죽일 죄는 아닌데 어찌 밝게 살피지 않사옵니까?"

황제가 이 말에 침음하시자 좌우에서 간언이 일어날 기세를 보고 엄승상 심중에 불평이 북받쳤으나 여러 조신의 이목을 가리지 못하여 선심이나 쓰는 척하여,

"서학사의 말이 이러하오니 유연수를 감형하여 귀양 보냄이 마땅하옵니다."

황제가 허락하시사 엄승상은 유한림을 엄중히 경호하여 먼 북방의 행주 땅으로 귀양 보내라고 유사에게 명하고 집으로 돌아갔다. 그의 집에서 기다리던 동청이 불만을 품고,

"그런 중죄자를 죽이지 왜 살려서 귀양 보내는 경벌에 그치게 하셨습니까?"

"나도 죽이려고 하였는데 조정에서 간언이 많아 그러지는 못했으나 행주는 수토가 험악한 북방이라 귀양간 자로서 살아온 자가 없으니 칼로 죽이는 거나 별로 다름이 없다."

동청이 그 말을 듣고 안심한 듯이 기뻐하면서 교씨에게 알리려고 백자당으로 달려갔다.

유한림이 벼락 같은 흉변을 만나 귀양길을 떠나는 날 교씨는 비복을 거느리고 성 밖에 나와서 전송하면서 거짓 통곡을 하며 한림에게,

"한림께서 먼 곳으로 고생길을 떠나시는데 첩이

어찌 떨어져서 홀로 살겠습니까? 한림을 따라가 생사를 같이하고자 하옵니다."

하고 가장 열녀답게 호소하였다.

"내 이제 흉지로 가서 생사를 기약하지 못하나 그대는 집을 잘 지키고 조상의 제사를 받들고 아이들을 잘 길러서 성취시킬 직책이 있는데 어찌 나를 따라가겠다는 말이오? 인아가 비록 사나운 어미의 소생이나 골격이 비범하니 거두어 잘 기르면 내가 죽어도 눈을 감을 것이오."

"한림의 아들이 곧 제 자식이니 어찌 제 배를 앓고 낳은 봉추와 조금이라도 달리 생각하겠습니까?"

"부디 그렇게 부탁하오."

유한림이 재삼 부탁하였다. 그리고 집사 동청이 보이지 않으므로 어찌된 일이냐고 비복에게 물었다.

"집을 나간 지 3, 4일이 되었습니다."

유한림은 그가 집을 나갔다는 말을 듣고 속으로 잘되었다고 생각하였다. 이때 호위하는 관졸이 재촉하므로 비복 약간 명만 데리고 먼 귀양길을 떠났다.

유한림을 음해하여 귀양 보내게 한 동청은 그 후에 승상 엄숭의 가인이 되었다가 엄숭의 세도로 인진되어 진유현 현령으로 출세하게 되었다. 이에 득의양양한 동청은 교씨에게 사람을 보내서 기별하였다.

"내 이제 진유현령이 되어 재명일 부임하게 되었으니 함께 가도록 차비를 차리시오."

이 기별을 받은 교씨는 기뻐하면서 집안사람들에게 거짓말로,

"내 사촌 형이 먼 시골에 살다가 병으로 세상을 떠났다는 부고가 왔으므로 가야겠다."

하고 심복 시녀 납매 등 다섯 명과 인아, 봉추 형제를 데리고, 남은 비복들은 자기가 다녀올 때까지 집을 잘 지키라 이르고 집을 떠났다.

이에 인아를 맡아 기르던 유모가 따라가고자 원하였으나,

"인아는 젖 먹지 않아도 아무 관계없으며 내가 장례를 보고 곧 돌아올 테니 너는 가지 않아도 좋다."

하고 꾸짖어 물리쳤다. 그리고 집에 있던 금은주옥을 비롯한 값진 재물을 모두 꾸려 가지고 갔으나 그 눈치를 아는 사람도 감히 막을 수 없었다. 집을

떠난 교씨가 사흘 동안 주야로 급행하여 약속한 지점에 이르니 동청이 부임 행차의 의의를 갖추고 벌써 거기 와서 기다리고 있었다. 그들 탕아 음부는 서로 만나서 이제는 저희들 세상이 되었다고 기뻐 날뛰었다.

"인아는 원수 사씨의 자식인데 데려다 무엇하겠소? 빨리 죽여서 화근을 없앱시다."

동청의 말을 옳게 여기고 시비 설매에게,

"인아가 장성하면 너와 내가 보복을 당할 테니 빨리 끌어다 물에 넣어서 자취를 싹 없애 버려!"

하고 명하였다. 설매가 곧 인아를 안고 강가로 가서 물에 던져 버리려고 할 때 천진난만한 어린아이는 금방 죽을 줄도 모르고 악마 같은 설매의 품안에서 색색 잠을 자고 있었다. 이것을 본 설매의 마음에는 자기도 모를 측은한 생각이 들어서 눈물을 흘리며 혼잣말로,

"사씨 부인의 인덕이 저 강물같이 깊은데 내가 억울하게 죽는 데 방조하고 이제 그 자식마저 해치면

어찌 천벌을 받지 않으랴."

하여 차마 죽일 수가 없어서 인아를 강가의 숲 속
에 감추어 두고 돌아와 교녀에게 거짓말을 하였다.

"아이를 물 속에 던졌더니 물 속에서 잠깐 들락날
락하다가 가라앉아 보이지 않았습니다."

이 보고를 들은 교녀와 동청이 기뻐하여 채선(彩
船)에 진수성찬을 차려서 술을 통음하고 비파를 타
고 노래를 하면서 음란하기 형언할 수 없었다. 거기
서 배를 내려 위의를 갖추고 육로로 진유현에 도임
하였다.

한편 유한림은 금의옥식으로 생장하여 높은 벼슬
을 지내다가 일조에 적객의 몸으로 영락하여 귀양길
을 촌촌전진하여 적소에 이르렀다. 그 도중에 고초
가 참혹하였으며 북방의 수토가 황량하고 험악할 뿐
아니라 주민들의 습관이 포악무도하였으므로 과거의
일을 회상하고 후회하여 마지않았다.

'사씨가 동청을 집사로 채용할 때부터 꺼려하더니
그 슬기로운 사람 봄을 이제야 깨달았다. 이는 내가
화근을 자초하고 사씨를 학대하였으니 지하에 가서
무슨 면목으로 선조의 영혼을 대할 것이냐?'

하는 생각으로 한숨을 쉬는 동안에 자기도 모르는 눈물이 비 오듯 쏟아졌다. 이때부터 주야로 심화(心火)가 가슴을 태워 병이 되어서 눕게 되었다. 그러나 이 지방에서는 약을 구할 길이 없어 병은 점점 위중해질 뿐이었다. 그러던 중 하루는 비몽사몽간에 노인이 와서,

"한림의 병이 위중하시니 이 물을 잡수시고 쾌차하시기 바랍니다."

하고 권하였다. 유한림이 이상히 여기고 물었다.

"노인은 누구신데 이 외로운 적객의 병을 구해 주시려고 합니까?"

"나는 동차군산에 사는 사람입니다."

그 말만 하고 물병을 마당에 놓고 홀연히 떠나가므로 재차 물으려고 부르는 자기 음성에 깨어 보니 병석에서 꾼 꿈이었다.

유한림은 이상한 꿈이라고 생각하고 있던 차 이튿날 아침에 노복이 뜰을 쓸다가 놀라며 중얼거리는 소리가 유한림에게 들렸다.

"뜨락 마른 땅에서 갑자기 웬 물이 솟아나올까? 참 이상도 하다."

유한림이 목이 타서 신음하
다가 창을 열고 내다보니 물
나는 곳이 꿈에 나타났던
노인이 물병을 놓고 간
그 장소였다. 유한림이 노복에게 그 물을 떠 오라
해서 먹어 보니 맛이 달고 시원해서 감로수같이 좋
았다. 그 물 먹은 즉시로 유한림의 병이 안개 가시
듯이 금방 낫고 기분이 상쾌해졌으므로 보는 사람들
이 모두 신기하게 여기고 탄복하였다.

　그 소문을 들은 지방 사람들이 와서 먹자 모두 수
토병이 나았으며 그 후로 이 행주 지방의 수토병이
근절되고 말았다. 이에 감격한 사람들은 그 우물을
기념하기 위하여 학사천(學士泉)이라고 불러서 후세
까지 유명하게 되었다.

　한편 동청은 교씨와 함께 진유현에 도임한 후에
백성에 대하여 탐람을 일삼았으며 세금을 가혹하게
받는 등 고혈을 착취하였으나 그래도 부족한 동청은
황제에게 상소하여 승상 엄숭에게 가봉(加俸)을 요청
하였다.

'진유현령 동청은 고두재
배(叩頭再拜)하옵고 수상 좌
하에 이 글을 올리나이다.
소생이 미한한 정성을 다하여 승상을 섬기고자 하되
이 고을이 산박하여 재화가 없으므로 마음과 같지
못하오니 재정과 산물이 풍부한 남방의 수령을 시켜
주시면 더욱 정성을 다할 수 있을까 하옵니다.'

엄승상이 이 기회에 수단가인 동청을 아주 심복
부하로 만들려고 곧 남방 웅읍(雄邑)의 수령으로 영
전시키려고 황제에게 진언하였다.

"진유현령 동청이 재기 과인하므로 큰 고을을 감
당할 만하오니 성상께서 적소에 써 주시기 바라옵나
이다."

"경이 보는 바가 그러하면 각별히 큰 고을의 수령
으로 승진시켜서 그의 재능을 발휘하게 하라."

하고 곧 허락하셨다. 이때 마침 계림 태수의 자리
가 비어 있으므로 엄승상은 곧 동청을 금은보화가
많이 나는 고을로 영전시켰다. 그리하여 제 뜻대로
재물이 풍부한 계림의 태수가 된 동청은 교씨를 데
리고 부임하여 더욱 탐관오리의 수완으로 백성의 고

혈을 수찰하기에 분망하였다.

때마침 황제가 태자를 책봉하는 나라의 큰 경사가 있었으므로 유학사도 사은(赦恩)을 입었다. 그러나 곧 서울 본집으로 돌아오지 않고 친척이 있는 무창으로 향하였다. 여러 날 길을 가다가 장사 땅을 지나게 되었는데 이때가 마침 여름의 염천이라 더위로 여행이 어려웠다. 피곤한 몸의 땀을 식히려고 길가의 나무 그늘에서 쉬면서 전후사를 생각하였다.

'내 신령의 도움으로 3년 동안의 귀양살이에서도 심한 수토병도 면하였고, 또 천사(天赦)를 입어서 돌아가게 되었으니 북경의 처자를 데려다가 고향에 두고 생을 어옹(漁翁)이 되어 성대의 한가한 백성으로 지내면 얼마나 즐거우랴.'

하고 외로운 몸을 스스로 위로하고 있었다. 이때 갑자기 북쪽에서 왁자지껄하는 인성이 들리더니 붉은 곤장을 든 관졸과 각색 기치를 든 하인들이 쌍쌍이 오면서 길을 치우라고 호통을 하였다.

유한림이 무슨 어마어마한 행차인 줄 짐작하고 몸을 얼른 부근 숲 속으로 숨기고 보니 한 고관이 금안백마 위에 높이 타고 수십 명의 부하를 거느리며 지나고 있었다. 유한림이 말을 탄 그 사람을 자세히 본즉 분명히 자기 집에서 집사로 일하던 그 간악한 동청이었다.

"아니, 저놈이 어떻게 높은 벼슬을 하고 이 지방을 행차해 갈까?"

의심하고 일행의 거동을 살펴보니 그 기구가 자사(刺使) 아니면 태수의 지위임이 분명하였다.

'아하, 저 간특스러운 놈이 천하의 세도가 엄승상에게 아부하여 저런 출세를 하였구나.'

하고 더욱 치밀어 오르는 분노를 느꼈다. 동청이 탄 백마가 지나간 뒤에 곧 이어서 길 치우라는 관졸의 호통이 들리더니 채의 시녀 십여 명이 칠보금덩을 옹위하여 지나갔다. 그것이 동청의 처 일행이라고 짐작한 유한림은 그 행렬이 다 지나간 뒤에 다시 큰길로 나와서 한참 가다가 주점에 들러 점심을 사먹었다.

이때 맞은편 집에서 여자 한 명이 나오다가 주점에서 점심을 먹는 유한림을 보고 놀라면서 물었다.

"유한림께서 어떻게 이런 곳에 와 계십니까?"

유한림도 놀라서 그 여자의 얼굴을 자세히 보니

다름 아닌 사씨의 시녀였던 설
매였다.

　"나는 이제 은사를 입고 귀양
이 풀려서 황성으로 돌아가는
길이다마는 너는 어떻게 이곳에 왔느냐? 그래, 그동
안 댁내가 평안하냐?"

　"대감님, 이리로 오세요."

　설매는 황망히 유한림을 사람 없는 장소로 모시고
가서 눈물을 흘리면서 목멘 소리로,

　"그동안 댁에서 겪은 일을 다 아뢰겠습니다. 한림
께서는 아까 지나간 행차가 누구인지 아십니까?"

　"동청이 무슨 벼슬을 하고 가는 모양이더라."

　"뒤에 가던 가마 행차는 누구로 아셨습니까? 동해
수를 기울여도 씻지 못할 원통한 일입니다."

　"그야 필경 동청의 내자일 게 아니냐?"

　"동태수의 그 내권이 바로 교낭자입니다. 소비도
일행을 따라가다가 말에서 떨어져 옷을 갈아입으려
고 저 집에 들렀다가 뜻하지 않게 한림을 뵈옵게 되
었습니다."

　유한림이 설매의 말을 듣고 기가 막혀서 한참 말

을 못하다가 이윽고 설매에게 다시 물었다.

"세상에 이럴 수가 있느냐! 좌우간 이렇게 된 자초지종을 자세히 말하라."

유한림이 비통한 안색으로 재촉하자 설매가 흐느껴 울면서 호소하였다.

"소비가 하늘을 속이고 주인을 저버린 죄가 천지에 가득하오니 한림께서는 관대히 용서하여 주십시오."

"내 지난 일은 탓하지 않을 테니 사실대로 숨기지 말고 말하라."

"사씨 부인께서는 비복을 사랑하셨는데 불충한 소비가 우둔한 탓으로 교낭자의 시비 납매의 꼬임에 빠져서 사씨 부인의 옥지환을 훔쳐 내었으며 교낭자 소생 장지를 죽였습니다. 그리고 그 죄를 사씨 부인에게 씌워서 축출케 하는 계교에 방조한 것이 모두 소비의 죄올시다. 그 근원은 모두 교낭자가 동청과

사통하여 갖은 추행을 일삼으면서 요녀 십랑과 공모하여 꾸민 간계였습니다.

한림께서 행주로 귀양가시게 된 것도 교낭자가 동청과 함께 엄승상에게 참소하여 꾸민 농간이었습니다. 그리고 한림께서 행주로 귀양가신 뒤에 교낭자가 동청을 따라 도망할 때도 형의 초상을 당하여 조상하러 간다는 거짓말을 하고 댁에 있는 보화를 전부 훔쳐 가지고 갔습니다.

소녀는 비록 배우지 못한 비천한 계집이나 이런 해괴한 변은 꿈에도 생각지 못하던 일입니다. 또 교낭자의 투기와 형벌이 혹독하여 시비들을 악형으로 괴롭혔으니, 소비도 비록 한때 이용은 당했으나 언제 살해될지 모르는 목숨입니다."

하고 설매는 자기 소매를 걷고 팔뚝에 악형당한 흉터를 내보이면서 말을 이었다.

"미천한 제 신세라 어미 품을 떠나서 호구지책으로 종의 몸이 되어 그런 포악한 상전을 만났으니 누구를 원망하오며 제가 저지른 죄가 끔찍하오니 만번 죽은들 어찌 속죄하겠습니까."

유한림이 설매의 보고와 참회하는 말을 듣다가 인아도 죽이려고……, 하는 말에 이르러 크게 실성하고 아찔해서 정신을 잃고 말았다. 이윽고 정신을 차

린 유한림은,

"내가 어리석어서 음부에게 속아 무죄한 처자를 보전치 못하였으니 무슨 면목으로 세상과 조상께 대하랴."

유한림이 탄식하자 설매는 인아를 죽이려던 경과에 대하여 말을 계속하였다.

"교씨가 소비에게 인아 공자를 물에 넣어 죽이라는 명을 받고 강가에까지 갔었으나 그때 비로소 소비의 잘못을 뉘우치고, 차마 교씨 말대로 할 수가 없어서 길가의 숲에 숨겨 두고 가서 물에 넣었다고 거짓 보고하였습니다. 그러니 혹 어쩌면 인아 공자는 어떤 사람이 데려다가 잘 기르고 있을지도 모릅니다. 다행히 그렇게라도 되었으면 제 죄의 만분지 일이라도 덜어질까 하고 공자의 생존을 신명께 빌어 왔습니다."

이 말을 들은 유한림이 약간 미간을 펴고,

"다행히 너의 그 갸륵한 소행으로 인아가 살았다면 너는 그 애의 생명의 은인이다."

"밖에 저를 데리러 온 사람이 있으니 지체하면 의

심받을까 겁이 납니다. 떠나기 전에 한 말씀 급히 아뢰고 가겠습니다. 어제 악주에서 행인을 만나 들은 소식이온데 한림부인께서 장사로 가시다가 풍랑을 만나 물에 빠져 돌아가셨다는 말도 하고, 다른 사람은 어떤 도움으로 살아 계시다고 풍문이 자자하여 갈피를 잡지 못하겠으니 한림께서 수소문하여 자세히 알아보시고 선처하소서."

하고 설매는 밖에서 부르는 동행 시비를 따라 급히 나가 버렸다. 설매가 교씨의 행렬을 쫓아가자 교씨가 의심하고 늦게 온 이유를 추궁하였다.

"낙마한 상처가 아파서 곧 오지 못하였습니다."

하고 핑계하였으나 교씨는 의심이 많고 간특한 인물이라 설매를 데리고 동행해 온 시비에게 다시 물었다.

"설매가 옷을 갈아입고 나오다가 그 앞집의 주점에서 어떤 관위를 만나 한동안 이야기하느라고 이토록 늦게 되었습니다."

"그 사람이 누구더냐?"

"행주 땅에 귀양갔다가 풀려서 돌아오는 유한림이었습니다."

교씨가 깜짝 놀라서 행차를 멈추고 동청과 함께 선후책을 상의하였다. 동청도 대경실색하고,

"그놈이 죽어서 타향 귀신이 된 줄 알았는데 살아 돌아오니 만일 다시 득의하면 우리는 살지 못할 것이다."

하고 건장한 관졸 수십 명을 뽑아서 유한림의 목을 베어 오면 천금의 상을 주리라고 명하였다. 이런 소동이 일어난 것을 본 설매는 교씨에게 맞아 죽을 것을 겁내어 뒤로 가서 나무에 목을 매고 죽었으므로 교씨는 그년 잘되었다고 기뻐하였다.

이때 유한림은 설매로부터 기막힌 소식을 듣고 힘없는 걸음으로 가면서 생각하였다.

'내가 음부의 간교한 말을 듣고 현처를 멀리하여 자식을 보전하지 못하고 이처럼 일신이 표박하게 되었으니 만고의 죄인이다. 무슨 면목으로 지하에 가서 처자를 보겠느냐.'

하고 악주에 이르러 강가를 배회하면서 부근 사람들에게 강물에 빠져 죽었다는 사씨의 소문을 알아보려고 하였으나 모두 모른다는 대답이었다. 유한림은 그래도 단념하지 않고 끈덕지게 수소문하다가 어떤

노인을 만나 물었더니 어느 해 어느 달 어떤 부인이 시녀 두어 명을 데리고 악양루에서 밤을 지새우고 강가로 내려가는 것을 보았으나 그 후의 일은 모르겠다고 알려 주었다.

유한림은 그것이 필경 사씨로서 물에 빠진 것이 틀림없으리라고 더욱 절망하고 슬퍼하였다. 유한림이 그 강가를 떠나지 못하고 사방으로 배회하다가 큰 소나무 껍질을 깎아 거기에 큰 글씨로 쓴 것을 발견하였다.

'모년 모일 사씨 정옥은 이곳에서 눈물을 뿌리고 강물에 몸을 던졌다.'

이 유서를 발견한 유한림은 깜짝 놀라서 통곡하다가 그대로 기절하였다. 시동이 황망히 구원하니 한림은 정신을 차리고 다시 탄식하였다.

"부인이 그 현숙한 덕행으로 비명에 죽었으니 어찌 슬프지 않으랴. 억울한 물귀신에게 제사라도 지내서 위로하리라."

하고 제문을 지으려 하자 마음이 아득하고 눈물이 앞을 가려 붓이 내려가지 않았다. 이때 갑자기 밖에서 함성이 진동하였다. 놀라서 문을 열고 보니 장정 수십 명이 칼과 창을 들고 들이닥치면서 외쳤다.

"유연수만 잡고 다른 사람은 상하지 말라!"

유한림이 놀라 뒷문으로 도망쳐서 방향도 없이 허둥지둥 달아났다. 마치 그물을 벗어난 물고기 같고 함정에서 뛰어나온 범같이 정신없이 도망하였다. 그러나 얼마 가지 않아 앞길이 막히고 바다 같은 큰물이 가로놓였으므로 정신이 아득하여 진퇴가 극히 어려웠다.

"유연수가 이 물가에 숨었으니 샅샅이 뒤져서 잡아라!"

뒤에서 추격하는 괴한들이 호통을 쳤다. 유한림은 이제는 잡혀 죽을 수밖에 없다고 하늘을 우러러 호소하였다.

"내가 선량한 처자를 애매하게 학대하였으니 어찌 천벌을 받지 않으랴. 남의 손에 죽느니보다는 차라리 물에 빠져서 스스로 죽으리라."

하고 물에 몸을 던지려는 순간 문득 배 젓는 소리가 은은히 들려왔다. 유한림이 그 뱃소리 나는 곳을 찾아 허둥지둥 가면서,

'어떤 사람이 나의 위급한 몸을 구해 주려는 것일까.'

하고 요행이라도 있기를 하늘에 빌었다.

 동정호 섬에 있는 수월암의 묘혜 스님은 사씨 부인을 보호하며 세월을 보내고 있었는데 하루는 사씨에게,

"부인, 오늘이 4월 보름날인데 전에 하시던 말을 잊으셨나요?"

하고 물었다. 사씨는 세상과 인연이 없는 섬 속의 한가로운 암자에서 세월 가는 줄도 모를 정도로 체력이 필요 없는 생활이라, 그 중대한 4월 보름날의 일도 잊고 있었던 것이다.

"금년 4월 보름날에 배를 백빈주에 매고 있다가 급한 사람을 구하라는 예언을 시부님 영혼이 가르치셨다 하셨는데 오늘이 바로 그날입니다. 어서 백빈주로 배를 저어 가십시다."

사씨 부인은 그날 황혼에 배에 올라 백빈주로 저어 가면서 급하게 이 배의 구원을 받을 사람이 어떤

사람일까 궁금히 여기면서도 반가운 사람이면 얼마나 좋으랴 하는 생각이 들자 자연 자기 신세의 슬픈 회포에 사로잡히게 되었다.

유한림이 뱃소리가 가까워 오는 강가로 내려가면서 물 위를 보니 어떤 여자가 구슬픈 노래를 탄식처럼 부르며 일엽편주를 저어 오고 있었다. 그 노래의 구절이 유한림에게 들려왔다.

창파에 달이 밝으니
남호의 흰 마름[白蘋]을 캐리로다.
꽃이 아름다워 웃고자 하되
배 젓는 사람 슬퍼하는도다.

이 노래를 받아 부르는 또 다른 여자의 노래도 들렸다.

물가의 마름을 캐니
강남의 날이 저물었네.
동청에 사람 있어 고인을 만나리로다.

유한림이 배를 향하여 빨리 배를 대어 사람 살려 달라고 구원을 청하였다. 배를 젓던 묘혜가 백빈주 물가로 배를 대려고 하자 사씨가 당황하여 묘혜를 말리면서,

"저 사람의 음성이 남자인데 이상한 남자를 이 배에 태워도 괜찮겠습니까?"

하고 주저하였다. 그러나 묘혜는 조금도 저어하지 않고,

"급한 인명이 천금보다 귀중한데 목전에 죽을 사람을 어찌 구하지 않겠습니까?"

하고 급히 배를 저어서 물가로 대었다. 유한림이 배에 뛰어오르면서 애원하였다.

"도적놈들이 내 뒤를 쫓아오니 빨리 배를 저어 주시오."

조금만 늦었으면 유한림은 추격하던 동청의 부하 관졸에게 잡힐 뻔하였다. 체포 직전에 뜻하지 않은 배를 타고 떠나는 것을 본 괴한들은 호통을 치며 배를 불렀다.

"배를 도로 돌려 대라. 그렇지 않으면 전부 죽여 버린다!"

그러나 묘혜는 못 들은 척하고 배를 저어 그들의 추격을 피해 갔다.

　"그 배에 태운 놈은 살인한 죄인이다. 계림 태수께서 잡으라는 놈이니 그놈을 잡아오면 천금 상을 주신다."

　유한림은 자기를 잡아 죽이려는 놈들이 보통 도적이 아니라 동청이 보낸 관졸임을 분명히 알았다. 머리끝이 새삼스럽게 쭈뼛해지고 전신에 소름이 끼친 유한림은 묘혜를 향하여 호소하였다.

　"나는 한림학사 유연수로서 살인한 죄가 없는데 저 도적놈들이 공연히 꾸며서 하는 소리입니다."

　묘혜는 유한림이 선량한 사람인 줄로 알았으므로 도적들을 비웃는 듯이 닻줄을 치면서 노래를 부르기까지 하였다.

　창오산 저문 날에
　달빛이 밝았으니
　구의산의 구름 개는데
　저기 가는 저 속객은
　독행 천리 어디를 부질없이 가는가.

유한림은 사지(死地)에서 뜻밖에 구해 준 배 안의 두 사람의 여자, 그중 늙은 여자가 부르는 이 노래의 의미도 알아들을 경황이 없었다. 이때 배 안에 소복단장으로 앉아 있던 젊은 여자가 유한림을 보더니 놀랍고 반가워서 울음을 터뜨렸다. 유한림이 이상히 여기고 자세히 보니 자기의 아내 사씨가 분명하지 않은가!

"부인을 여기서 만나다니, 이것이 웬일이오!"

유한림은 뜻밖에 만난 부인에게 인사한 후에 자연 나오는 탄식은 부인에 대한 자기 불찰의 후회와 사과가 아닐 수 없었다.

"내가 이제 무슨 낯을 들어 부인을 대하겠소. 부끄럽고 마음이 괴로워서 할 말이 없소. 그러나 부인은 정신을 진정하고 이 어리석은 연수의 불명을 허물하시오."

하고 설매에게 갓 듣고 온 소식을 마치 자백하듯이 말하였다. 즉 사씨 부인이 집을 떠난 후에 교씨가 십랑과 공모하고 방예로 저주한 일이며 또 설매가 옥지환을 훔쳐내다가 냉진과 더불어 갖은 흉계를 꾸민 말을 다 하였다.

사씨 부인이 남편의 이런 뉘우치는 말을 듣고 감사하면서 떨리는 음성으로,

　"한림께 이런 말씀을 듣지 못하였으면 죽어도 어찌 눈을 감았겠습니까?"

　하고 흐느껴 울었다. 한림이 또 설매를 꼬여 장지를 죽이고 춘방에게 미루던 말과, 동청이 엄승상에게 참소하여 자기가 죽을 뻔하였다는 말과, 교씨가 집안의 보물을 전부 가지고 동청을 따라간 경과를 알리자 사씨 부인은 기가 막혀서 묵묵히 울고만 있었다. 유한림은 부인이 아직도 자기의 잘못을 야속히 여기는 분함을 풀지 않아 대답도 않는 것이 아닐까 하여 가슴이 더욱 답답하였다.

　"다른 것은 참을 수 있다 하더라도 어린 자식 인아가 죄도 없이 부인의 품을 잃고 아비도 모르게 강물 속의 무주고혼(無主孤魂)이 되었으니 어찌 견딜 수 있겠소."

　하고 탄식하는 유한림의 눈에서 눈물이 비 오듯이 흘러내렸다.

　사씨 부인은 처음부터 너무 놀라워 말도 못하고 있었다가 유한림의 이런 말을 다 듣자 외마디 비명

을 올리고 기절하고 말았다. 한림이 황급히 구호하여 부인이 정신을 차리자 한림은 실의 상태에 빠진 부인을 위로하려는 듯, 또는 요행을 바라는 듯이,

"설매의 말을 들으니 인아를 차마 물에 던져 죽이지 못하고 길가의 숲 속에 숨겨 두었다 하니, 혹 하늘이 도우셨으면 어떤 고마운 사람이 데려다 길러 주고 있을지도 모르니 만나지 못하너라노 어디서는지 살아 있기만 해도 내 죄가 덜할까 하오."

사씨 부인이 흐느껴 울면서 비로소 입을 열었다.

"설매의 그 말인들 어찌 믿을 수 있습니까? 설사

숲 속에 넣어 두었더라도 어린것이 어찌 살기를 바라겠습니까?"

서로 죽은 줄 알았다가 만난 부부는 반갑기보다도 어린 인아의 생사로 새로운 슬픔에 사로잡혀 오열하였다.

"아까 강가의 소나무를 깎아 쓴 필적을 보니 부인이 물에 빠져 죽은 유서가 분명하므로 슬픈 회포를 제문으로 지어 제사를 지내고 고혼이나마 위로하려고 하다가, 마침 동청이 보낸 자객 놈들을 만나 데리고 오던 동자의 잠을 깨울 새 없이 쫓겨 강가까지 왔으나 앞에 물이 막혀 죽을 지경에 이르렀을 때, 뜻밖에 부인의 배로 생명의 구원을 받았으니 감사하여 마지않는데 부인은 도시 어떻게 이곳에 와서 나를 구해 주었소?"

"제가 선산 묘하에 있을 적에 도적이 위조 편지를 하여 제가 속아서 납치될 뻔하였으나 시부님께서 현몽하셔서 모년 모월 모일에 배를 백빈주에 대령하고 있다가 급한 사람을 구하라고 신신당부하셨는데 오늘이 바로 그때 분부하신 날입니다.

그런데 제가 아득히 잊고 있었던 것을 저 스님께

서 기억하시고 오늘 배를 타고 왔더니 과연 한림을 위급에서 구하게 되었으니 저 묘혜 스님은 우리 양인의 생명의 은인입니다. 아까 보셨다는 소나무의 유서를 쓰고 물에 뛰어들려고 했을 때에도 저 묘혜 스님이 구해다가 스님 암자에서 지금까지 보호하여 주셨습니다."

유한림이,

"우리 부부는 묘혜 스님의 힘으로 살았으니 그 태산 같은 은혜에 감사합니다."

하고 묘혜를 향하여 사례한 뒤에,

"지금 생각하니 묘혜 스님은 원래 서울에 계시던 스님이 아니십니까?"

"호호, 소승의 일을 한림께서 기억하고 계십니까?"

"기억만 하겠습니까. 당초에 우리 혼사를 담당해 주시고 이제 또 우리 부부를 구해 주시니 하늘이 우리 부부를 위하여 스님을 이 세상에 내신가 하옵니다."

묘혜가 유한림의 감사에 사양하면서,

"한림과 부인의 천명이 장원(長遠)하시기 때문이지 어찌 소승의 공이라 하겠습니까. 그런데 이곳에서 오래 말씀하고 계실 것이 아니라 빨리 소승의 암자로 가셔서 편히 쉬시기 바랍니다."

하고 묘혜가 배를 젓기 시작하자 순풍이 불어 순식간에 암자 있는 섬에 도달하였다. 수월암에 이르러 묘혜가 객당을 소제하고 유한림을 맞아들여 차를 대접할 때, 사씨를 모시던 유모와 시녀가 유한림을 뵈옵고 일희일비의 주종(主從)의 회포를 금하지 못하였다.

유한림이 부인을 보고 말하기를,

"이제 호구의 환은 벗어났으나 의지할 곳이 없고 가업이 황폐하였으니 무창으로 가서 약간의 전량을 수습하여 앞일을 정한 후에 서울로 올라가서 가묘를 모시고 전죄(前罪)를 사코자 하니 부인이 나를 버리지 않으면 동행하기 바라오."

"한림께서 저를 더럽다 하시지 않으시면 제가 어찌 역명하겠습니까. 제가 선산을 떠날 적에 친척을 모아서 가묘를 개축하였습니다. 그런데 제가 이제 댁으로 돌아가는 것이 어떨까 합니다. 제가 옛일을 죄로 생각한 것은 없으나 사람을 대하기가 부끄러워서 그렇습니다. 출거지인이 다시 입승하는데 예절이 있어야 하지 않을까 합니다."

"아, 내가 너무 급하게 생각한 모양이오. 내가 먼저 가서 묘를 모셔 오고 다시 소식을 수소문한 후에 예를 갖추어 데려가리다."

"그는 그러하오나 한림의 외로운 몸이 또 도적의 무리를 만나시면 위태하니 조심하여 가십시오. 동청이 폭도를 보내어 잡지 못하였으므로 필연 다시 잡아 죽이려고 할 것이 분명하니 한림은 성명을 바꾸고 변복으로 가십시오."

유한림은 사씨 부인의 염려가 옳다 하고 혼자 떠나서 여러 날만에 고향 땅 무창에 이르러 약간의 재산을 수습하고 선산을 수축하고 노복을 시켜 농업을 경영하도록 지시하였다.

한편 동청은 교녀를 데리고 계림 태수로 도임해 가다가 악양루 부근에서 유한림이 은사를 받고 귀양이 풀려 행주에서 돌아온다는 소식을 듣고 깜짝 놀라서 장정 수십 명을 급히 보내어 목을 베려고 하였으나 실패로 돌아가자 교씨와 함께 당황하여 어쩔 줄 몰랐다.

"유연수가 무사히 서울로 가면 우리 죄상을 황제께 아뢰고 원한을 풀 것이니 어찌 방심하겠소?"

하고 심복 부하의 관졸들에게 유연수를 극력 수색하여 잡으라고 엄명하였다. 그리고 사씨 학대에 공모하던 냉진도 의지할 곳이 없어서 생각한 끝에 큰 벼슬을 한 동청을 찾아 도움을 청하자 동청이 환대하여 심복을 삼으니, 그의 간교로 갖은 악행을 하여 백성을 가렴주구하고 왕래하는 행인을 유인하여 독주를 먹여 죽이고 재물을 약탈하였다. 이리하여 남방의 사람들은 모두 동청의 학정을 저주하고 그의 고기를 씹으려고 민심이 흉흉해졌다.

교씨가 계림에 간 지 얼마 되지 않아서 데리고 온 아들 봉추가 병들어 죽었으므로 역시 어미의 정으로 번민하였다.

큰 고을 계림에는 자연 관사가 많아서 분망하였다. 따라서 동청이 관하 소현에 자주 순행하여 집을 비우는 날이 많았다. 그리하여 동청이 본아에 없는 동안은 불량배 냉진이 내외사를 다스리게 되어 세도를 부리는 한편, 요부 교씨는 동청의 눈을 속이고 냉진과 간통하는 추태를 재연했다. 마치 유한림 집에서 유한림의 눈을 속이고 동청과 간통하던 버릇을 그대로 되풀이하였던 것이다.

동청은 자기의 지위와 재산을 더 얻으려는 수단으로 계림 지방 백성의 재물을 수탈하여, 십만 보화를 엄승상에게 뇌물로 바치려고 그의 생일 축하 선물 명목으로 냉진에게 전달시켜 보냈다.

그런데 냉진이 서울에 와서 보니 이미 엄승상의 세도가 무너진 때였다. 황제도 그의 간악함을 깨닫고 관직을 삭탈하고 가산을 압수하는 소동 중이었다. 냉진은 깜짝 놀라서 그 화가 자기에게도 미칠 것을 두려워하였다. 자기의 보호자요, 공모자인 동청의 죄악이 많다는 사실은 세상이 다 알고 있었으나 그의 배후에 있는 엄승상의 세도가 두려워서 감히 말하지 못하였던 것이다.

언제나 제 욕심에서 남을 이용만 하고 의리라고는 추호도 없는 냉진은 자기가 살아날 계교로 동청을 숙청시키는 공을 세우려고 등문고(登聞鼓)를 울려서 법관에게 민정을 호소하였다.

법관이 무슨 소송이냐고 묻자 냉진은 천연스러운 우국 양민의 열변으로 진술하였다.

"저는 북방 사람으로서 남방에 다니러 갔다 왔습니다. 계림 지방에서는 태수 동청이 불인 무의하여 학정을 일삼을 뿐 아니라 하늘을 속이고 무소불위하여 행인을 겁박하여 재물을 탈취하는 등 열두 죄목을 아룁니다."

법관이 냉진의 진술대로 황제에게 아뢰자 황제께서 대로하고 금오관을 파견하여 동청을 잡아 가두라고 분부한 후 따로 순찰관을 보내서 민정을 조사한즉 냉진이 고발한 사실과 조금도 다르지 않는 학정을 일삼고 있는 사실이 증명되었다.

조정에는 이미 동청의 죄를 비호해 줄 엄승상이 숙청되었으므로 그를 구해 줄 사람은 없었다. 간악한 동청이 아무리 간신의 세도를 믿고 갖은 악행으로 재물을 구산같이 쌓고 살기를 원하였지만 어찌 불의의 뜻대로 되리오.

그는 속절없이 잡혀 와서 장안 네거리에서 요참의

형을 받았으며 백성에게 도적질한 재산을 몰수한 황
금이 사만 냥이요, 그 밖의 재물은 헤아릴 수 없을
정도로 사람들을 놀라게 하였다.

　냉진은 동청을 배반한 덕으로 제 죄를 면하였을
뿐 아니라 동청이 엄승상에게 보낸 뇌물 십만 냥을
고스란히 착복하게 되었다. 그리고 동청의 덕을 볼
때에 간통하던 교녀를 데리고 당당한 부부 행세로
살게 되었다. 그러나 역시 서울에서 살기에는 뒤가
켕겨서 멀리 산동으로 피해 갔다.

　산동으로 가는 도중에 어떤 여관에서 탕남음녀는
술에 만취하여 정신없이 자고 있었다.

　그들을 태우고 가던 차부 성대관
이란 놈이 본디 도적놈이었으므로
냉진의 행장에 큰 돈 냄새를 맡고
기회를 노리고 있다가 그날 밤에
냉진의 재물을 송두리째 훔쳐 가지고
도망해 버렸다. 냉진과 교녀는 함께 잠을 깬 후 도
적맞은 것을 알고 애고하고 한탄할 따름이었다.

　이때 황제가 조회를 받고 각 읍 수령의 불치를 탐
문하시는 중 동청의 죄상 보고를 듣고 통탄하시며,

"이런 도적을 누가 그런 벼슬에 천거하였는고?"

"엄승상의 천거로 진유현령에서 계림 태수로 승진시켰던 것입니다."

하고 승상 석가뇌가 보고해 올렸다.

"그렇다면 이 한가지로 미루어 보면 엄승상이 천거한 자는 모두 소인이요, 그가 배격하던 자는 모두 어진 사람임을 가히 알 수 있다."

하시고 엄승상의 잔당은 모두 벼슬을 삭탈하고 엄승상의 질시로 몰려 귀양갔거나 좌천되었던 신료를 다시 초용하여 관기를 일신하였다. 이번의 큰 인사이동으로 가의대부 호연세로 도어사를 삼으시고 한림학사 유연수로 이부시랑을 삼으시고, 또 과거를 실시하여 천하에 인재를 구하셨다.

이때 외해랑이 급제하여 문벌의 영화를 보전하였으니, 그는 유한림의 부인 사씨의 남동생이었다. 사씨 부인이 두부인을 찾아 남방의 장사로 향할 때 두 총관은 이미 이직하고 서울로 돌아갈 때에 두부인도 함께 상경하였다.

사공자는 서울에서 그런 줄도 모르고 또 누님이 장사로 가다가 중간에서 낭패한 사실도 전혀 모른

채 배를 얻어 타고 장사로 가려던 참에 서울의 조보를 보고 두총관이 순천 부사로 영전된 것을 알았다. 마침 과거 시행의 시일이 멀지 않아 있게 되었으므로 두부인이 상경하기를 기다리며 과거 공부를 하다가 다행히 과거에 급제하였다.

그때 마침 순천 부사로 승진된 두총관이 부임 준비 차 상경하였다. 사공자는 곧 누님의 소식을 물었으나 부사는 소식을 모른다며 눈물을 머금고 슬퍼하였다. 사공자는 누님이 장사로 가다가 중도에서 낭패하고 진퇴유곡하다 마침내 물에 빠져 죽었다는 소문을 듣고 누님 소식을 알려고 물가에 가서 두루 찾았으나 생사를 모른다는 소식을 두부인께 보고하였다.

"그때 어떤 사람 말로는 어느 해 유한림이 그곳에 와서 사부인이 물에 빠져 죽었다는 필적을 보고 슬퍼하여 제문을 지어 세사를 지내려고 하다가 그날 밤 도적에게 쫓겨서 어디로 갔는지 모른다고 합니다. 그런데 이제 조정에서 유한림을 다시 벼슬에 영전시키려고 찾으나 아무도 알지 못한다 하오니 기쁨이 도리어 더욱 슬픔이옵니다."

"그렇다면 한림은 살지 못하였을 듯하다."

하고 두부인이 여러 사람을 보내서 사방으로 탐문하자 유한림은 아직 죽지 않았다는 말이 더 많다는 보고였다. 이에 용기를 얻은 사공자가 행장을 차리고 악양루 근처의 강가에 이르러서 극진히 누님과 유한림의 행방을 찾았다. 그러나 역시 행방이 묘연하여 알 길이 없었다. 그래서 일단 단념은 하였으나 남양 지경이 장사와 멀지 않으니 도임한 후에 찾으려고 생각하였다.

이때 유한림은 이름을 고치고 모든 행동을 취하였으므로 그의 신분을 알 사람이 없었다. 유한림은 고향에서 비복에게 농사를 열심히 짓게 하고 그 수확의 일부를 군산사의 사씨 부인에게 보내고 소식을 알아오라고 일러 보내었더니 다녀온 동자가 돌아와서,

"부인께서는 무사하십니다. 그런데 약주 관아에서 방을 붙이고 한림을 찾고 있습니다. 그 연고를 물어보았더니 황제께서 한림을 초용하셔서 이부시랑을 제수하시고 적소 행주로 사신을 보내 찾으니, 벌써

은사를 입고 돌아가셨으나 종적을 몰라 각처에 방을 붙이고 한림을 찾는 중이라 합니다. 그래서 소복이 감격하였으나 한림의 허락을 받지 못하였으므로 관원에게 고하지 못하고 빨리 소식을 알려 드리려고 달려왔습니다."

유한림은 동자의 이 소식을 듣고 속으로 생각하였다.

'엄승상이 천권하면 내 어찌 이부시랑에 초용되리오. 내가 초용되었다면 엄승상이 쫓겨난 모양이구나.'

하고 무창으로 나가 관청에 복명하자 관원이 크게 놀라며 급히 맞아 당상으로 인도하면서,

"황제께서 선생을 이부시랑으로 제수하시고 소명이 미급하시온데 이제 어디로부터 오십니까?"

"소생이 뜻하는 바가 있어서 신분을 숨기고 다니다가 황제께서 엄승상을 조정에서 몰아내시고 현자를 부르시는 밀씀을 듣고 왔습니다."

유한림은 무창 관원에게 이렇게 신분을 밝혔다. 그리고 외로운 섬의 암자에서 좋은 소식을 기다리는 부인에게 이 소식을 전달하였다. 그리고 오늘부터

유시랑의 신분이 된 유연수는 빨리 상경하여 황제께
복명하려고 역마를 몰아 길을 재촉해 갔다.

유시랑이 남창부에 이르자 지방 장관이 명함을 드
리고 인사하였다. 유시랑이 명함을 받아서 본즉 성
명이 사경(謝敬)으로 되어 있으나 본인의 얼굴은 모
르는 사람이었다.

지방 장관은 유시랑을 귀빈으로 영접하고 주찬으
로 환대하였다. 그런데 그 관원의 얼굴에 수색이 가
득 차 있으므로 이상히 여기고 물으니,

"하관이 심중에 소회가 있어 자연 기운이 없어 보
인 모양이니 실례를 용서하여 주십시오."

하고 자기 누님을 한번 이별한 후에 생사를 모르
고 매부 유한림의 종적도 묘연하다는 한탄을 하면서
눈물을 주르르 흘렸다.

유시랑이 비로소 그 지방 장관이 처남 사공자임을
알고 손을 잡으며 탄식하였다.

"아, 자네는 내 처남 아닌가. 내 얼굴을 자세히 보
게."

남창부윤 사경이 놀라서 자세히 보니 분명히 매부
유한림이라, 반갑게 소매를 잡고 누님의 소식을 물

었다.

"내가 우암하여 무죄한 누이를 집에서 내쫓아 그후에 갖은 억울한 고생을 시켰으니 자네 대할 면목이 없네."

"지난 일은 하는 수 없습니다. 누님은 지금 어디 계십니까?"

"묘혜 스님의 구원을 받아 지금 군산사에 잘 있으니 염려 말게."

"누님이 생존해 있는 것은 매형님의 복입니다. 묘혜 스님의 은혜는 백골난망입니다."

"자네는 마음을 너무 상하지 말게. 천은이 호대하시니 다 갚기 어려운데 나의 박덕으로 이런 영복을 당하니 황송하기 그지없네."

하고 서로가 술잔을 나누며 끝없는 이야기를 다하지 못하고 이별하였다.

유시랑이 시울로 가서 황제께 사은하자 친히 불러 보시고 간신 엄승상에게 속아 유시랑의 충성을 모르고 고생시킨 전후사를 후회하였다. 유시랑이 황송하여 감격의

눈물을 흘리며,

"성은이 이렇게 홍대하시니 미신이 황공무지하옵니다."

"경의 뜻이 굳어서 특히 강서백(講書伯)을 삼으니 인심찰직(仁心察職)하기 바라오."

"황공하옵니다."

유시랑이 어전을 하직하고 집으로 돌아오니 비복들이 나와서 맞으며 눈물을 흘렸다. 당사가 황량하고 정자에 잡초가 무성하여 주인이 없음을 여실히 나타내고 있었다. 유시랑이 사당에 참배하여 통곡 사죄하고 고모 두부인을 찾아 사죄하니 부인이 흐느껴 울고,

"이 늙은 몸이 살았다가 현질이 다시 귀달(貴達)함을 보니 죽어도 한이 없다. 그러나 네가 조종향사를 폐한 지 오래니 그 죄가 어찌 가벼우랴."

"제 죄는 만 번 죽어도 부족하오나 다행히 부부가 다시 만났으니 죄를 용서하십소서."

두부인이 질부와 만났다는 말에 놀라운 기쁨을 참지 못하고,

"조카의 액운이 인제야 다하였구나. 옛날에 현인에게는 복을 내리고 악인은 재화를 만난다 하니 너는 이제 회과자책(悔過自責)하겠느냐?"

유시랑이 전후사를 모두 고하고 앞으로 다시는 그런 간악에 속지 않고 근신할 것을 다짐하였다.

"그 같은 대악이 어찌 세상에 용납되겠습니까?"

하고 거듭 사과하였다. 이때 모든 친척들이 유시랑을 찾아와 하례하고 위로하였다.

"이것은 모두 가운이니 어찌 인력으로 막았으리오."

유시랑이 친척들과 하직하고 강서로 갈 제 그 위용이 매우 장엄하였다. 이때 사추관이 누님을 데려오겠다고 말하자 유시랑이 허락하고 자기는 강가에 가서 맞을 테니 먼저 떠나라고 약속하였다.

동생 사추관은 미리 편지를 보내고 동정호의 섬 군산사에 이르니 사씨 부인이 미리 알고 기다리다가 만나서 기쁨을 이기지 못하여 수년 동안 그리던 성회를 푼 뒤에 유시랑의 편지를 전하였다. 사씨 부인이 편지를 받아 보니 남편은 방백을 하였는지라, 감격하여 묘혜 스님에게 사은하고 유시랑이 보내 온

예물을 전하였다.

"이것은 모두 부인의 복이지
어찌 소승의 공이겠습니까?"

이윽고 작별하게 되자 사부인
과 묘혜 스님은 마치 모녀의 이별같
이 서로 슬퍼하였다. 사추관이 묘혜에게 재삼 은혜
를 치하하자 묘혜 또한 재삼 사양하고 앞으로도 여
러분의 복록을 불전에 축원하겠다고 말하였다. 그날
사추관이 객당에서 자고 이튿날 부인과 함께 발정하
자 묘혜가 암자의 여러 승니와 산에서 내려와 떠나
는 배를 기쁨과 슬픔으로 전송하였다.

일행이 약속한 강가의 지경에 배를 대니 유시랑이
이미 그곳에 와서 기다리고 있었는데, 금수채장(錦繡
彩帳)이 강변을 덮고 환영하는 사람이 물가에 정렬하
여 기다렸다. 시비가 사씨 부인에게 새 의복을 올리
니 부인은 7년 동안이나 입었던 소복을 비로소 벗어
화복으로 갈아입고 부부가 상봉하니 세상에 희한한
경사였다.

여기서 뱃길로 강서로 행하여 고향 집에 이르니
비복들이 감격으로 환영하였다. 유시랑 부부가 묘에

참배할 제 제문을 지어서 부부가 재합함을 보고하는 사의가 간절하더라.

이 소문을 들은 강서 지방의 대소관원이 모두 유시랑을 찾아와 예단을 드려 하례하고 또 사추관에게 하례하였으며, 유시랑은 큰 잔치를 베풀어 빈객을 접대하였다.

사씨 부인은 남편을 만나서 다시 유가의 주부가 되었으나 새로운 슬픔이 있으니 아들 인아의 생사 소식이었다. 사방으로 수소문하였으나 인아의 행적은 묘연하여 알 길이 없었다.

어느덧 신년을 맞으며 부인이 유시랑에게 은근히 술회하였다.

"그전에 제가 사람을 잘못 천거하여 가사가 탁란하였던 일을 회상하면 모골이 송연합니다. 지금은 그때와 다르고 제 나이도 사십에 이르러 생산하지 못한 지 십 년이라 밤낮으로 큰 걱정입니다. 후손을 위하여 나시 숙녀를 얻어 생남의 실을 마련할까 합니다."

"후손을 위하여 소실을 권하는 부인의 뜻은 고마우나 그전에 교녀로 말미암아 인아의 생사를 알지 못하여 통입골수(痛入骨髓)한데 어찌 또다시 잡인을 집안에 들여놓겠소?"

부인이 한숨을 짓고,

"제가 시랑과 동서 삼십 년에 일점혈육이던 인아의 생사를 모르고 아직 사속(嗣屬)이 없으니 지하에 가서 무슨 면목으로 조상을 뵈오리까?"

"그러나 부인의 연기가 아직 단산할 때가 아니니 그런 불길한 말을 하지 마시오."

"상공은 그런 고집은 마시고 제 말을 들으십시오."

하며 묘혜 스님의 질녀가 현숙하고 또 귀자(貴子)를 둘 팔자라 하면서 유시랑의 첩으로 삼으라고 굳이 권하였다. 유시랑은 사씨 부인의 성의에 마지못하여 묘혜 스님의 질녀라는 여자의 근본을 물은 뒤 부인의 생각에 맡기겠다고 허락하였다.

"또 청할 일이 있습니다."

부인이 말을 바꾸어 남편에게 상의하였다.

"노복이 충성으로 나를 시중하다가 조난한 배에서 죽었으니 그 영혼을 위로해 주어야 하겠으며, 또 황릉 묘가 황폐하였으니 중수해야 하겠으며, 또 묘혜 스님의 암자가 있는 군산 동구에 탑을 세워 모든 은혜를 갚고자 합니다."

유시랑이 부인의 청은 마땅히 해야 할 사은의 지성이라 하고 많은 재물을 희사하여 시설하였다.

묘혜 스님은 유시랑 부부가 보낸 후한 금백으로 곧 수월암을 중수하고 군산 동구에 탑을 신축하여 부인탑이라고 불렀다. 특히 황릉 묘를 장엄하게 중수하고, 노복의 영혼을 위로하려고 관곽을 갖추어 다시 후장을 지내준 데 대하여 사씨 부인의 기특한 뜻을 세상이 칭송하여 마지않았다.

사씨의 사동이 황릉 묘지기에게 중수 비용을 전하고 돌아오는 길에 회룡령 땅에 들러서 묘혜 스님의 질녀를 찾아갔다. 이때 그 낭자가 그전에 알았던 사씨 부인의 사동을 보고도 채 알지 못하고 물었다.

"총각은 어디서 어떻게 또 이곳에 왔소?"

"낭자는 왜 나를 몰라보십니까? 연전에 사씨 부인을 보시고 상사로 가던 길에 댁에서 수일간 신세를 진 사환입니다."

"아참, 그랬군. 내가 몰라봐서 미안했어요. 사씨 부인은 안녕하신지요?"

사동이 그 후에 지낸 사씨 부인의 사실을 대략 전하자, 낭자는 사씨 부인이 누명을 벗고 시가로 돌아가서 잘 계시다는 말과 그것이 모두 낭자의 고모님 묘혜의 공이라는 말을 듣고 매우 기뻐하였다.

인사가 끝난 뒤에 사환은 사씨 부인이 보낸 편지를 낭자에게 내놓았다. 임낭자가 감격하고 봉을 떼어 보니 사연이 매우 간곡하였으므로 사씨 부인을 다시 한 번 만나 보고 싶었다.

벌써 7년 전 설매가 차마 인아를 물 속에 던지지 못하고 강변의 숲 속에 가만히 놓고 간 뒤에 인아가 잠을 깨어 아무도 없으므로 큰 소리로 앙앙 울고 있었다. 이때 나경으로 장사 차 지나가던 뱃사람이 우는 어린아이를 찾아가 보니 얼굴 생김이 비범하고 가엾어서 배에 싣고 가다가, 갈 길이 멀고 남경 가서도 누구에게 맡겨야 하겠기로 도중의 연화촌에서 사람의 눈에 띄기 쉬운 곳에 인아를 내려놓고 갔었다.

이때 마침 임가의 아내 변씨가 꿈을 꾸었는데 문밖에 이상한 광채가 비치었으므로 놀라서 깨니 꿈이었다. 아내의 꿈 이야기를 들은 남편 임씨가 급히

울 밖으로 나가서 본즉 용모가 잘난 어
린아이가 울고 있으므로 안고 집으로
돌아왔다.

　아내 변씨는 하늘의 꿈을 통해서 자
기에게 준 귀동자라고 기뻐하며 고이 길렀
다. 그러다가 변씨가 세상을 떠난 뒤로는 임낭자가
친동생같이 기르고 있었다.

　동리 사람들은 효성이 지극하고 용모가 고운 임낭
자가 부모를 다 잃고 외롭게 지내게 되자 동정도 하
고 탐도 나 여러 군데에서 혼인하기를 청하였다. 그
러나 임낭자는 고모 묘혜 스님이 장차 귀한 몸이 되
리라던 말만 생각하면서 시골 농부의 집으로 출가하
기를 원하지 않고 장차 재상의 부인이 될 것만 믿고
있었다.

　사씨 부인은 임낭자의 재덕을 생각하여 유시랑에
게 허락을 받은 후 연화촌에 사환을 보내고 얼마 지
나 다시 시녀와 교부를 보내서 임낭자를 데려오게
하였다.

　임낭자는 사부인을 만나려던 차에 가마로 데리러
왔으므로 감사히 여기고 얻어 기르던 소년(인아)을

데리고 함께 사씨 부인을 만나서 반기되 아이는 동생이라 하였기 때문에 아무도 이상하게 생각하지 않았다.

사씨 부인은 임낭자에게 유시랑의 둘째 부인이 되기를 권하였다. 임낭자는 이것이 꿈인가 의심하면서도 고모 묘혜 스님의 예언을 생각하며 감격하였다. 사씨 부인은 택일하여 친척을 초대하고 잔치를 베풀어 임씨를 성례시키니, 그 용모가 아름다운 숙녀였으므로 유시랑이 심중으로 기뻐하고 사씨 부인에게 말하기를, 내 그대에게 정이 덜할까 염려하노라 하니 부인은 미소만 보이고 대답하지 않았다.

하루는 인아의 그전 유모가 임씨 방으로 들어가서 눈물을 흘리며 말하기를,

"요전에 시비의 말을 들으니 낭자의 남동생 도련님이 그전에 제가 시중하던 우리 공자와 얼굴이 꼭 같이 생겼다 하기에 한번 보러 왔나이다."

유모의 말을 의아스럽게 생각한 임씨가 유모에게 물었다.

"댁의 공자를 어디서 잃었던가?"

"북경 순천부에서 잃었습니다."

임씨가 생각하기를 북경이 천리인데 어찌 남경 땅에서 잃은 공자를 얻었으랴 하고 의아하였으나 시녀에게 인아 소년을 불러오게 하였다. 유모가 본즉 어렸을 때 자기가 밤낮으로 안고 기른 인아가 틀림없었다. 반가운 생각으로 왈칵 끌어안았으나 한편 의심을 가지지 아니할 수 없었다.

"이 소년은 실로 내 모친이 낳은 친동생이 아니고 모년 모월 모일에 강가에 버려진 어린아이를 주워 길러서 의남매가 되었다네. 만일 얼굴이 댁이 기르던 공자와 같으면 혹 그런 연고 있는 소년인지도 모르겠네."

이때 소년이 먼저 유모를 알아보고 깜짝 놀라면서 물었다.

"유모, 왜 나를 몰라보는 거야?"

"앗, 도련님!"

유모가 이때 소년을 끌어안고 임씨에게,

"이것 보십시오. 이 댁의 도련님이 아니면 어찌 나를 알아보고 이렇게 반가워하겠습니까?"

"이 아이의 성명은 비록 모르나 전에 귀한 댁 아

들로서 곱게 길렀던 것이 분명하고 남경으로 가던
뱃군이 어디서 주웠으나 가다가 우리 집 근처에 버
리고 간 것이니 유모가 잘 알아보고 대감 양위께 말
씀드리도록 하게."

　유모가 임씨의 말을 듣고 크게 기뻐하면서 곧 사
씨 부인에게 그 말을 전하자 부인이 황망히 임씨 방
으로 달려와 그 소년을 보고 반신반의하면서,

　　　　　"너는 나를 알겠느냐?"

　　　　　인아가 사씨 부인을 자세히 보
　　　　다가 울음을 터뜨리고,

　　　　　"어머니, 어머니는 저를 몰라보
　　　　십니까? 어머님이 집을 떠나신 후
　　　　에 소자가 매양 그립게 생각하였습니
다. 어릴 때 일이라 제 기억이 아득하여
잘 모르나 한 여자가 저를 멀리 데려가다가 제가 잠
든 사이에 강변 숲 속에 두고 갔기 때문에 잠을 깬
뒤에 외롭고 무서워서 울 적에, 배를 타고 가던 사
람이 데리고 가다가 또 어떤 집 울 밑에 놓고 갔습
니다. 그때 그 집의 은모(恩母)가 거두어 길러 주어
전보다 편하게 지내다가 이제 뜻밖에 여기 와서 어

머님을 뵈오니 이제는 죽어도 한이 없습니다."

사씨 부인이 인아의 손을 잡고 대성통곡하며,

"이것이 꿈이냐, 생시냐. 꿈이면 이대로 깨지 말아야겠다. 내 너를 다시 보지 못할까 하였더니 오늘날 집에 돌아온 것을 만나니 어찌 하늘의 도움이 아니겠느냐?"

하고 흐느껴 울다가 유시랑에게 인아를 찾은 사실을 고하자 유시랑이 급히 달려와 자초지종을 듣고서 임씨를 칭찬하면서 기뻐하였다.

"우리가 오늘 부자, 모자가 이처럼 만나서 즐기는 경사는 모두 그대의 공이니 그 은덕을 어찌 잊겠는가. 금후로는 나의 가장 큰 슬픔이 없게 되었다."

"과분하신 말씀을 듣자와 황송하옵니다. 오늘날 부자 모자가 상봉하신 것은 모두 존문의 음덕이시지 어찌 제 공이겠습니까. 사씨 부인의 성덕현심(聖德賢心)에 신명이 감동하신 영험입니다."

"음, 그것도 그렇고 그내 공노 또한 장하지 않은가?"

하고 온 집안이 이 경사를 축하하면서 인아의 모습을 보니 장부의 체격이 발월하고 그 준매함을 칭찬치 않은 사람이 없었다. 원근의 친척이 모두 모여서 치하하는 동시에 임씨에 대한 대우가 두터워지고 비복들도 착한 임씨를 존경으로 섬겼다.

그리고 사씨 부인이 임씨 대하기를 동기처럼 아끼고 임씨 또한 사씨 부인을 형님같이 극진히 섬겼으며 보통 처첩간의 투기 같은 감정은 추호도 없었다.

이 무렵 교녀는 동청이 죽은 뒤에 냉진과 살다가 마침내 냉진이 역적의 도당을 꾸미려다 괴수로서 잡혀 처형되자, 도망가서 낙양 술집의 창기가 되어 낙양의 인사에게 웃음을 팔아 재물을 낚으며 전신이 한림학사의 부인이라고 호언하였으므로 낙양에서 교녀의 교태를 모르는 사람이 없었다.

유시랑 댁의 사환이 마침 낙양에 왔다가 창녀 교씨의 유명한 평판을 듣고 술집에 가서 보니 분명히 본인이라, 깜짝 놀라 돌아와서 교녀의 소식을 전하였다. 이 소식을 들은 유시랑은 부인 사씨에게,

"교녀를 잡지 못할까 걱정했더니 낙양 청루에서 행색이 낭자하다니 내가 돌아갈 때 잡아서 설치(雪恥)하겠소."

"그러세요. 그년을 잡아서 제 원한을 풀어야겠습니다."

관대한 부인 사씨도 교녀에 대한 철천지한은 풀리지 않았던 것이다.

그러나 사씨는 아들 인아를 만난 후로는 시름이 없었고 유시랑은 사사로운 고민이 없어 모든 힘을 치민(治民)에 근면하니 백성이 농업과 학업에 힘썼으므로 그의 일읍이 대치(大治)하여 태평성대를 구가하였다. 황제가 그 공적을 들으시고 예부상서로 승탁하시니 유상서가 사은 차 상경하게 되었다.

행차가 서주에 이르러 창녀로 이름난 교녀를 염탐한즉 분명히 그곳 화류계에서 군림하는 존재로 있었다. 유상서는 수단 있는 매파와 상의하여 창녀 교칠랑을 시켜서 이러이러하라고 명하였다. 매파가 교녀를 찾아서,

"이번에 예부상서로 영선되어 상경하시는 대감께서 교낭자의 향명을 들으시고 소실을 맞아 총애코자 하시는데 낭자 의향이 어떤가? 상서 벼슬은 거룩한 재상의 지위요, 그 시비의 말을 들은즉 정실부인은

신병으로 치가(治家)도 못한다니 낭자가 그 대감 댁
에 들어만 가면 정실부인과 다름이 없이 집안 실권
을 휘두르며 마음대로 호강을 할 것이니 이런 좋은
혼담이 어디 있겠나. 여자의 부귀는 역시 교낭자 같
은 미인의 차지야."

교녀가 매파의 달콤한 권고를 듣고 생각하되,

'내 비록 화류계 생활로 의식의 부족은 없지만 나
이도 점점 먹어 가니 종신 의탁을 생각하지 않을 수
없으니 이 기회에 상서 부인이 되어서 천한 신분을
면하자.'

하고 매파에게 잘 성사시켜 달
라고 쾌락하였다.

"성례는 대감과 본부인이
보시는 데서 할 것이므로
준비가 되면 낭자를 데리러
갈 테니 화장을 곱게 하고 기다려요."

"알겠어요."

하고 교녀가 득의의 미소를 지었다. 매파가 교녀
의 승낙을 고하자 유상서는 인부를 갖추어 교녀를
가마에 태워서 본 행차와 따로 서울로 데려가도록

분부하였다.

유상서는 서울에 이르러 황제 어전에 사은하고 집으로 돌아와서 친척을 모아 놓고 경축 잔치를 크게 베풀었다. 이 자리에서 사씨는 임씨를 불러 두부인을 뵙게 하고,

"이 사람은 그전의 교녀와 같지 않은 현숙한 사람이니 고모님께서는 그릇 보지 마십시오."

하고 소개하자 두부인은 새사람이 비록 어진 사람이라도 나에게는 상관없는 일이라고 담담한 태도를 취하였다.

이때 유상서가 빙글빙글 웃으며 두부인과 좌중 손님들에게,

"오늘 이 즐거운 잔치에 여흥이 없으면 심심할까 합니다. 노상에서 명창을 얻어 왔으니 한번 구경하시오."

하고 좌우에 명하여 창녀 교칠랑을 부르라 하였다. 이때 교지에 실려 서울로 왔던 교녀가 사저에서 기다리고 있다가 승명하고 상서 댁으로 데려오자 가마 안에서 내다보고 깜짝 놀라면서,

"이 집은 분명히 유한림 댁인데 왜 이리 가느냐?"

시녀가 시치미를 딱 떼고 하는 대답이,

"유한림은 귀양가시고 우리 대감께서 이 집을 사서 들어 계십니다."

교녀가 시녀의 말에 안심하고 또다시 가증하고 교만한 생각을 일으켰다.

'나하고 이 집과는 인연이 깊구나. 마땅히 전에 정들었던 백자당에 거처하겠다.'

시비가 그렇게 옛 꿈을 그리워하는 교녀를 인도하여 유상서와 사부인 앞으로 갔다. 교녀가 눈을 들어서 보니 좌우에 있는 수많은 사람들이 전부 낯익은 유연수 문중의 일적이라 벼락을 맞은 듯이 낙담상혼하고 말았다. 교녀는 땅에 엎드려서 목숨만 살려 달라고 애걸하였다.

유상서가 큰 호통을 하며 꾸짖었다.

"네 죄를 아느냐!"

"제 죄를 어찌 모르겠습니까마는 관대히 용서하여 주십시오."

"네 죄는 일륜이니 음부는 들으라. 처음에 부인이 너를 경계하여 음탕한 풍류를 말라 함이 좋은 뜻이거늘 너는 도리어 참소하여 여우의 탈을 썼으니 그

죄 하나요, 요망된 무녀 십랑과 음모하여 해괴한 방
법으로 장부를 혹하게 했으니 그 죄 둘이요, 음흉한
종년들과 당을 이루고 악행을 하였으니 그 죄 셋이
요, 스스로 저주하고 부인에게 미루었으니 그 죄 넷
이요, 동청과 사통하여 가문을 더럽혔으니 그 죄 다
섯이요, 옥지환을 도둑질하여 간인(奸人)을 주어 부
인을 모해하였으니 그 죄 여섯이요, 제 손으로 자식

을 죽이고 그 악을 부인에게 미루었으니 그 죄 일곱
이요, 간부와 작하고 부인을 사지에 몰아넣었으니
그 죄 여덟이요, 아들을 강물에 던졌으니 그 죄 아
홉이요, 겨우 부지하여 살아가는 나를 죽이려고 하
였으니 그 죄 열이다. 너 같은 음부가 천지간의 음
학한 대죄를 짓고 아직도 살고자 하느냐?"

교녀가 머리를 땅에 받으면서 울어대고,

"이것이 모두 제 죄이오나 자식을 해친 것은 설매
가 한 일이요, 도적을 보낸 것과 엄승상에게 참소한
것은 동청이가 한 일입니다."

하고 사씨 부인을 향하여 울면서 호소하되,

"저는 실로 부인을 저버린 죄인이오나
오직 부인은 대자대비하신 은혜로 저의
잔명을 살려 주시오."

부인 사씨는 눈물을 머금고 떨리
는 음성으로 대답하였다.

"네가 나를 해하려 한 것은 죽을
죄가 아니지만 대감께 죄지은 너를
내가 어찌 구하겠느냐?"

유상서는 교녀의 비굴한 행색에 더욱 노하였다.

곧 시동에게 엄명하여 교녀의 가슴을 찢어 헤치고 심장을 꺼내라고 하였다.

이때 사씨 부인이 시동을 만류시키고,

"비록 죄가 중하나 대감을 모신 지 오래인 몸이니 시체는 완전하게 처치하십시오."

유상서는 부인의 권고에 감동하고 동편 언덕으로 끌어내다가 타살한 후에 시체를 그대로 버려서 까막까치의 밥이 되게 하라고 명하니 좌중의 모든 사람이 상쾌하게 여겼다.

유상서는 만고의 간부 교녀를 죽이고 상쾌하게 여겼으나 사씨 부인은 시녀 설매가 억울하게 참사된 것을 가엾이 여겨 뼈를 찾아서 잘 묻어 주었다. 그리고 십랑을 잡아 치죄(治罪)하려고 찾았으나 전년에 금령의 옥사에 연좌되어 죽었다는 사실이 밝혀졌다.

임씨가 유씨 문중에 들어온 지 십 년이 지나는 동안에 계속하여 삼형제를 낳았는데 모두 옥골선풍이요, 천금가사(千金佳士)였다. 장사의 이름은 웅(雄)이요, 차자의 이름은 준(俊)이요, 삼자의 이름은 란(爛)이라 하였는데 모두 부형을 닮아 세상에 뛰어난 인재들이었다.

황제는 유상서의 벼슬을 좌승상으로 승진시키고 자주 불러서 만나시니 유씨 가문의 영광이 비할 데 없었고, 또 두총관이 높은 벼슬에 이르니 그 명성의 웅성함이 천하에 으뜸이었다.

유승상 부부는 팔십여 세를 안양(安養)하고, 그 후대의 공자는 병부상서에 이르고 유웅은 이부상서를 하고 유준은 호부시랑을 하고 유란은 태상경을 하여 조정에 참열하였으니, 그 모친 임씨도 복록을 누려서 자부와 제손을 거느리고 사씨 부인을 모시며 안락한 세월을 보냈다.

문필에 능달한 사씨 부인은 내훈 십 편과 열녀전 십 권을 지어 세상에 전하고 자부들을 가르쳐서 선도를 행하도록 권장하였다.

이러므로 착한 사람은 복을 받고 악한 사람은 앙화를 받는 법이니 후인을 징계함 직하나 사정이 기이하므로 대강 기록하여 후세에 전하는 바이니 보시고 사람은 명심하소서. 희로애락을 지성으로 근고(謹告)하옵니다.

국어과 선생님이 뽑은

한국 문학 읽기
한국고전읽기
세계문학읽기